第8号当铺

THE PAWNSHOP NO.8

深雪

著

深圳出版社

目 录

Clients

贵客

这个夜，没有星没有月也没有风，天是一片紫蓝色。

有一个男人，他走过一串小巷，再拐了些小路，皱着眉低下头往前行。

他神色沮丧，走路时一拐一拐的，事实上，他左边腋下，正撑着一副拐杖。长裤管遮掩了他的残缺，他的左脚，由大腿到脚掌之处，都是中空的，裤管内是一副义肢。他失去了左腿，四肢之中，他只剩下三肢。

失去一条腿是半年前的事，习惯了之后，倒也不算什么。是的，只不过是失去一条腿。

低着头走路已成为他近年来的特色，一个失意的男人，活该是垂头生活的。事业上的大挫折，扭转六壬也不能起死回生。在失败中生活的男人，颈项特别软弱，支持不了昂然抬头的动作，只好一直一直地低下头，过他的每一天。

这个夜仍然是低头的一个夜。但头再低，他还是很清楚他要走的路，他知道怎样拐弯，他知道向前再怎么走才会到达他要到的地方。他在这段路上走过两次，两次都刻骨铭心。

是入心入肉的永志难忘。今夜是第三次。低下来的头垂得比上两次更低。

紫蓝色的天空有着一种阴霾，无风的夜里，男人却不由自主地浑身寒了一寒。随拐杖向前的步伐，在紫蓝色的夜空下，发出了瞩目但孤寂的"咯咯"响声。

快到了，这全程中唯一一次的抬头，他便看见那座大宅，一如任何富豪的大宅：宏伟、豪华、深不可测。

这座豪宅占据一个山头，万树遮阴，树木再生长得整齐，仍然有种密封式的神秘。豪宅的背后是广大的平原，平原之后是山崖，山崖之后是大海。当男人第一次走到这豪宅跟前时，他也怀疑过为什么他只是随着小巷拐弯，但到达小巷的尽头居然会是一个大山头，原本明明是城市的路，却以山崖作为终点。然而，心里实在太多烦扰，这种地理上的逻辑问题，他没空闲深究。

只知，他终于到达了。是这里，门牌上有一个阿拉伯数字："8"。

豪宅的铁闸上有三组雕刻的图案，分别是九蛇相缠、火龙啸天、蝙蝠倒挂，是精细的雕刻，男人一早就留意到。早年他经济好之时，也爱收集一些雕刻之类的摆设，亦有雅兴研究中世纪的欧洲古董；但到了今天，可以变卖的都卖了，生活逼人，他完全失掉了兴致。

他在大闸前站定，一如往常两次，大闸自动开启，缓慢的，沉重的，迎进一个受命运摆弄的人。

一踏进大闸之内，忽然便起风。大闸之外的世界无风无声，是静止的；大闸之内，则有迎面刮来的风，风刮起了落叶，风刮起了他的外套边缘，风令他的眉头皱得更深。

从大闸经过烈风洗礼后，五十呎①的距离之后，是大门。

豪宅的大门是木造的，很巨大，门上有环形的锁，锁上的图案是一头狰狞的兽，像狮也像龙。这头兽，虽然锁在门锁之上，却有一种朝着人心内紧紧盯住的压迫感。如果一把锁是一道门的关键，这么一把有着狂兽的锁，就显示了整间豪宅的阴沉。

男人伸手出来敲一下，大门便自动打开来。

豪宅内光鲜华贵，灯也很亮，与外面紫蓝色的幽暗，相差很远很远。

云石地板，华丽的水晶吊灯，红色的幕幔，就如一间六星级酒店般豪华考究。男人在门廊前站定下来，深呼吸，然后朝右边走去，他知道路该怎么走，是走廊上的第三间房间。

拐杖敲在地板上的声音很响亮，余韵夹杂着回响。

第三间房间。男人站在门前，房门同样地自动打开来，这一间房间，是一间很大的书房，两面墙放满书，由于楼层高，

---

① 英尺旧称，1 英尺等于 0.3 米。

书架上甚至有木架，方便爬到顶层拿出书本。

房间中央是一张很长的台，台上放了一些文仪用品，台的前方是一张红色丝绒沙发，男人现正坐下来，放好拐杖。而台的后方则是一张高椅背的黑皮椅，黑皮椅后面约八呎的距离，是另一道门。这间书房并没有窗。

男人坐在红色丝绒沙发上，明显坐立不安。

未几，黑皮椅后的门打开了，一名衣冠楚楚的年轻男士走进来，他朝沙发上的男人点了点头，接着坐到椅子中。

年轻男士的长相英俊，一双眼睛尤其炯炯有神，一身熨帖的西服，亦令气度优雅的他雍容华贵。

这种袭人而来的贵气，犹如秉承了千秋万代的贵族之血，令他的仪容有着神人一般的气质。神人，比人更高，在神之下。

令人不得不听从，令人无法不信任。

"老板……"男人说话。

被称作老板的年轻男士说："杨先生，我有什么可以帮到你？"

男人说："我的生意，一直没有好起来，上两次来典当的股票……以及我的一条腿，换回来的资金都不够翻身，现在，我欠下了一笔很大的债务。"

老板和气地问他："杨先生，那么你今次还想典当什么？"

忽然，男人激动起来："我来当我条命！"他拍了拍大腿意图跳起来，但因为早已典当了一条腿而行动不便，于是仍然是动弹不得。犹如他的命运。

老板说："你那笔债务共有多少？"

男人回答："四千多万。"

"美元？"老板问。

"港元。"男人回答。

老板便说："是小数目，不用典当一条命。"

男人听罢，脸上稍稍有点缓和之色。

老板又说："典当一个肾。"

"肾？"

男人正在考虑着，肾对于他来说，也是一个很重要的器官。他在脑中思考着的是，失掉一条腿不会影响健康；但失掉一个内脏器官，健康可能会变差，身体弱了，如何在商场上拼劲？于是，他犹豫了。

蓦地，丝绒沙发后的大门打开来，先是传来一把声音："肾好！典当一个肾包你连本带利返回来！"

这是一把女声，男人向后望去，他认识她。"阿精小姐。"他礼貌地向阿精打招呼。

阿精捧来红酒、芝士与鱼子酱，放到男人的跟前，然后斟了杯酒递给男人，她说道："一个人有两个肾，你看老板多为你着想。"

男人喝了半杯酒，疑惑地看着阿精。

阿精继续说："让我看看——"她伸手出来，缓缓地放到男人的左手之上，继而翻开他的掌心，细看了一回，这样告诉男人："只要债务可以还清，三个月之后你的财政便有转机。"

男人听着阿精的话，心里头安乐起来。

阿精放下他的手，说："就让我们帮你吧！"她的目光内，满满的怜悯，以及诚恳。

男人再考虑多一会，便点头答应了。

老板的桌面上出现了一份协议书，他循例向男人说明："杨先生，今后你的肾脏便由我们保管，如若半年内不来赎回，便归我们处置。"

男人接过了协议书和笔，在"委托人"的一栏上签署。

走廊中，忽然一阵寒。

阿精向门后的走廊瞄了瞄，没有理会。她说："杨先生，那么我们可以开始了。"

随着阿精的这一句，老板伸手在男人眼前一扬，这是迷惑众生的催眠姿势。

男人也就陷入了一个飘香的境地。

五官充塞着一片清香甜蜜，是一种在有生之年感受过的最清逸甜香，如花香，但又比花香更浓一点，袭击着他的感官。令眼睛不用张开也能看见花一样的美好，令耳朵被掩盖了也能听见风的幻妙，令舌头孤寡之际也仿佛品尝到甜糖一样的亲密与满足。

好安乐好安乐。如果世界上真有天堂，天堂便该是如此。

天堂。

男人正领受着恩赐一般的宠幸。他合上的眼睛令他看不到，也感受不到真正的真实。

书房中，手术正在进行中。

没有花香也没有花蜜，更没有微风。老板专注地把他的手伸进男人的身体内，他抓着了男人的一个肾，掏拉出来。

是一场没有痛楚没有流血没有感觉的手术。

血淋淋活生生滑溜溜的肾脏，鲜活漂亮地离开了它的主人。

老板看了那肾脏一眼，阿精便递来一个玻璃瓶，那个人类的肾脏，便收到玻璃瓶之内。阿精有一般商人完成一单生意那种得意扬扬，她抱着玻璃瓶转身由正门离开。

男人的身体上不见任何伤痕。他所知道的只是一幅幸福的画面，在那花香之地，他看见了他的一双子女，他们因为男人得到了金钱，因而得以完成学业，他们头戴四方帽，男人看到了，只有安慰又安慰。

男人在幻境中长叹一声，然后，他在现实中苏醒。这现实却不再在第 8 号当铺，而是，不知何时，他已返回他自己的家，在自己的床上，身边躺着睡得正浓的老妻。

他撑起身来，抚摸肚子，感受到一股微热，他知道，他的肾已被典当了。

　　放在玻璃瓶中的一个肾，被阿精带着走到走廊尽头，再从楼梯向下走，走进一个很大很大的密室。用古典的钥匙把门一开，便是一个如放射性设计的大房，中央是一张圆台，放射性地分岔出小路，而每一条小路都放着一排排木架，木架上不是玻璃箱便是玻璃瓶。

　　阿精走进第六条分岔路，路的前端写有"2000 年至2020 年"的字样。擦身而过的木架上，有的是股票、楼契、金银珠宝，还有手手脚脚、各式各样的内脏，肾啦、肝啦、胃啦、心脏啦、脑啦、眼睛啦……更有不大不小的精美木盒子，木盒上雕了花纹，盛载着比四肢与内脏更贵重的东西。

　　走到三分之一处，阿精停下来，面对着的这层木架上，有一条完整切割下来的腿，腿放到一个大型玻璃箱之内，完美新鲜，保存得很好，一点也不像是切割了半年那样。这是杨先生的位置，他的肾脏会被存放到这里来。

　　杨先生的木架位置上也有一些精美小木盒，现在仍然是空置的，阿精望着木盒，心里想道，不久之后，可能便会派得上用场。

　　木盒内，将会盛载特别贵重、无影无形的东西。

　　转头一望，这第六行小路深不可测，想有多远便有多远，这二十年间的典当物都会放到这第六行之内。玻璃箱一个接一个地排下去，无尽头的，排到一个能够添加又添加的空间之中。这个空间，能够容许再多的典当之物，只要有人愿意当，便有更新增的空间。

然后，过了这二十年，第七行小路便会自动自觉挖通出来。

之前的五行小路，设计也是如出一辙，满满的玻璃箱内是人类的四肢、内脏，甚至是生命。每二十年一条小路，一望无尽，走也走不完，这些小路上，有永远赎不回的珍宝。当客人以为有天能回来赎回之时，却不知道，一旦放到这些小路中的木架上，便不再可以拿回自己使用。木架上的，全部都归新的主人拥有。

新的主人。一个你与我都不敢贸贸然直呼的名字。

忽然，阿精向上一望，听觉比人类更灵敏的她，听见高跟鞋的响声在大堂走廊上响起来，那是 Mrs Churchill [①]，阿精与她做了预约。

阿精便向第五行的小路后段走去，Mrs Churchill 是比较资深的客人。

她站定在 Mrs Churchill 的木架前，木架上的玻璃箱内只有一个木盒子，里面存放着 Mrs Churchill 的嗅觉。三年前，她来典当了她的嗅觉，以后的生命，所有气味均与她没关系。

阿精向上望，像有透视能力那样，她知道 Mrs Churchill 已坐到书房内的红色丝绒沙发上。

———————————————

① 丘吉尔女士。

三十七八岁的 Mrs Churchill 风华正茂，一副富贵太太气度的她，正向着老板说话："我来是要典当我女儿未来五年的运气。"

阿精一听，便低嚷："好啊——"因为这会是一宗珍贵的交易，Mrs Churchill 的女儿才十五岁，少女的将来是贵价货色，少女的五年运气非常值钱。

谁料，阿精却又听见——

"哪用典当你女儿的运气？我给你一个好价钱，你典当另外一些东西。"

这是老板的话。阿精侧起了耳朵。她知道不妥当了。

老板说下去："你女儿的运气价钱不是太好……但如果你肯卖你在六十岁至六十五岁之间的五年运气，价钱便高出一倍。"

"一倍？"Mrs Churchill 惊喜地回应。

阿精却在密室中想道：老女人的五年运气怎及得少女的五年？老板又再次故意作出违背市价的决定。

后来，Mrs Churchill 便答应了，阿精打开木架上的木盒，就这样接收了 Mrs Churchill 将来的五年运气。

她轻轻摇了摇头，离开密室，继而走上楼梯，返回书房。Mrs Churchill 已经离开。

阿精推门而进，她对老板说："别做蚀本生意。"

老板正捧着一本书垂头阅读，他听了，不答话。他转一个身，捧着书背对阿精。

在她看不到的角度，有他那张微笑的、低着头的脸。

他难道不知道这是一单蚀本生意？但这种不应有的正义感叫他感觉快乐。

少女的五年光阴对她其后的一生无比重要，老板才不愿那名贪钱的母亲肆意褫夺破坏。Mrs Churchill 在六十至六十五岁一段期间，将会毫无运气可言，她卖走了她的五年运气，于是走在街上会被车撞倒，躲在家中会有贼人入屋行劫，就算在花园浇花也会给天降的石头击中。

但老板不理会了，她又不是因为困难才作出典当的决定，她只是纯粹想要多些钱。

老板并不喜欢她。她的苦是自己要求的。

不知 Mrs Churchill 的女儿平日过着怎样的日子，一定不会好受吧！有这样不为她设想的母亲。

阿精望着老板的背影，轻轻呼了一口气。她其实怎会不明白他的心意？一对朝夕共对了超过一百年的拍档。她笑了笑，她知道他的为人。只是，她有责任提醒他。

她向依然背着面的他说："今晚还有第三个预约。"

"是谁？"他合上书，这才转过来面向她。

她说："是新的客人。"

他点了点头。忽然窗外刮起一阵风，扫起了一堆枯干的落叶，落叶刮向这座大宅的外墙。他听到了，虽然这间房并没有窗。他说："大风。"

阿精接下去，说："风再大也不用怕，要来的人始终会找得到。"

是的，在紫色天空的夜里，一个二十多岁的男人正拿着地图向前走。这是一张手绘的地图，从一个劝喻他不要自杀的人手中接过的，那个人告诉他："你到这个地方去吧，他们会解决你的问题。"

他问："这是什么地方？"

那个人说："这是一间当铺。"

"当铺？"他忧愁起来，"我已经两袖清风了，身上、家中也没有值钱的东西可以典当。"

那个人便问他："你有没有一支笔？"

男人不明白。他问："笔？"然后他往身上衫袋搜索，在后裤袋内，他果然找着一支笔。那是一支深啡色的钢笔，只是，他从来没有见过。

他正疑惑，那个人便说："对了，带这支笔去见当铺老板，他会帮助你。"

男人带着不明不白的心情望着手中来历不明的钢笔，思考的问题的中心点是："这究竟是怎么一回事？"

待他再抬头之时，却发现那个人已经走了。走得真快啊，接近无影无踪，有那似乎根本从没有出现过的玄幻。

是在隔了一天之后，男人才决定依着地图出发。

地图上的指示是朝郊外走，在一个墓园之后向右边的路拐去，直行，再在分岔路上向左拐，再直行，上山，然后向右边的路走去，便会看见一座大宅，门牌上有一个"8"字。

那是第8号当铺，地图上是这么说的。

男人依着指示向目的地进发，路途出奇地顺畅，他在这顺畅之中疑惑了，怎么，他从来没留意，郊外有一个墓园，之后又有这些小路，最后居然是一座山，山上有一座壮观的豪宅。

在这城市内住上这些年，他意外地不知情。

其实，男人的疑惑是合逻辑的。这世界上，无论是谁要到达第8号当铺，无论他从哪个城市出发，他也是跟着同一张地图向前走。

同一个指示，同一条路，同一座山。

沮丧、失意、急需金钱来活命的人，都走着同一条路，到达同一个目的地。

恍如死亡，都是人类的终极方向。

男人到达了第8号当铺，忍不住笑起来。是的，他知道自己有救了。

像所有的顾客一样，他被迎进大门，他被大宅内的温暖光亮欢迎，到最后，他解除了他的防备，走进走廊的第三间房间，他看见一间书房，一张红色丝绒沙发，以及一个坐在长台之后的年轻男人。

年轻男人仪容典雅，有着神人的贵气。

他对来客说："三岛先生，欢迎你。"

没错，男人的名字是三岛。他听见自己的名字，当下呼出长长的一口气。这环境比一般印象中的当铺要豪华堂皇，而面前的人，衣冠楚楚，令人不由自主地信任他。

年轻男人当然就是当铺的老板。他介绍自己："我是这间当铺的负责人。"

"老板。"三岛向他鞠了一个躬。

然后，从书房的大门处走来一名风姿绰约的美女，二十六七岁，轮廓分明，身段修长，衣着入时，她手中捧着鱼子酱、芝士与红酒，明显是来款客的。

她对三岛说："我是阿精，我负责招呼你哩！"

阿精在三岛跟前弯下身，上衣的领口向下坠，露出线条优美的乳沟。三岛不期然分了分神，刹那间忘却了一切的烦恼，他想到的是，从前日子好之时，他在高级夜总会消遣的豪气风流。

俱往矣。

"是法国货哩，很不错。"阿精递给他一片涂了鱼子酱的芝士，又给他斟上一杯酒。"慢用。"她说，然后甜美地笑。

三岛不客气了，他吃着手中的款客食品，望了望四周，然后问："你们没有别的员工？"

"只有我们二人。"老板回答他，"其他都只是管家与下人。"

"客人典当了的物品你们卖往哪里？"男人再问。

"一个比这个世界更大的地方。"老板说。

"哪里？"

"一个永恒之地。"老板给他一个最接近真实的答案。

三岛吃完他手中的一片芝士，接着又拿起另一片。他其实并不关心典当物的所往处，他比较在意典当之后的回报。

老板问他："三岛先生，我们有什么可以帮到你？"

三岛便回答他："我擅自用了公款作投资，但失败了，急需一笔钱填补。我遇上了一个萍水相逢的人，他介绍我到这里来。"

老板说："你要典当些什么？"

三岛拿出那支钢笔。

阿精一见便说："好漂亮的钢笔啊！"然后上前去拿到老板跟前。

老板检视着钢笔，阿精面带笑容地说："你真是有品位的男士啊！这支钢笔价值不菲！"

三岛也就抓了抓自己的头，然后说："家传之宝！"

阿精的笑意更浓了："是吗？"

看着阿精如花盛放的笑意，三岛急忙赔着笑。

老板再开口说话："五十万好不好？"

三岛的表情惊愕："五十万……"

"嫌少？"老板的神情微微带笑，"加多五万。"

三岛立刻说："好！好！成交！"他从裤袋中掏出手帕抹汗。

阿精说："多谢你了，三岛先生，你这支钢笔实在是精品！"

"是吗？"三岛仍然在抹汗。

老板说："三岛先生，钱我们明天一早便会过账给你！"

三岛不断地唯唯诺诺。

阿精这时候走上前来，伸出尖长的手指，带点挑逗地在三岛的脸上轻扫，指甲触碰着他的五官，功力勾魂夺魄，在陌生环境下的凡俗男人，屏住呼吸，很有点不知所措。

阿精的手势维持了大约三十秒，男人的眼珠随着她的手指转动，他一直忍住呼吸。

阿精忽然决定收手。她说："依我看，你的面相——"

三岛这才放松下来，深深吸了一口气。幸好，只不过是三十秒。

"三岛先生眉浓眼藏神，鼻头有肉，嘴唇棱角分明，下巴微向外翘。依我预料，三岛先生将来不单止富有，而且权倾四方。"阿精做了一个名扬四海的手势。

三岛脸上顷刻欢容，眼睛也睁大起来。

阿精说下去："只要三岛先生一有困难便知会我们，我们定会义不容辞。"

三岛很不好意思，又满怀感激，"谢谢你们的帮忙。"

"别客气，三岛先生是我们的贵宾！"阿精说。

三岛仍然不断鞠躬道谢，阿精与老板做了个送客的手势。阿精开门把三岛送出书房，然后步过走廊，继而在自动开启的大门前送别他。

三岛踏出这所大宅的大门，步向被强风卷动着落叶的大闸。阿精在大门逐渐关闭的缝隙中，看着三岛的背影，她完全可以想象，他将来再回来之后，会变得无手无脚无肝无胃无心，甚至失掉灵魂。

终有一天，这个健全的男人，会为着典当，而变得人不似人。

门完全关上了。阿精拍了拍手，庆祝一晚的工作完成。她不用走到地下密室，原本放到老板跟前的那支钢笔在无声无息间影像退淡，一支可以放到手心的钢笔，一握得住的物质，在这间大宅内随时随意在空间中蒸发消失。

他们才不要三岛的钢笔，这是他们诱使他成为他们的顾客的道具而已。

不能说第8号当铺经营手法不正当，顾客都是自愿的。只是，老板与阿精手上有一列详尽的名单，纸上密密麻麻的名字，都是一些极有潜质的灵魂。这批灵魂特别贪婪，爱投机，心术不正，崇拜不劳而获，放纵世俗的物欲。老板每隔一段时间便要试探这批灵魂，看看他们与第8号当铺有没有缘分。

试探。我们都不会陌生吧，由小至大，也有人告诫我们，切勿受魔鬼的引诱。

今夜，工作完毕，老板与阿精各自返回自己的天地休息，他们步向二楼的范围，二楼之处，分别设有两个独立行宫，内里是品位很不一致的两个世界，老板及阿精各自存活于此。

Living
生活

当老板与阿精不用工作之时，他们各有自娱的方法。

这一天阳光正好，天很蓝很蓝。

日间的第 8 号当铺比起晚上要热闹许多，虽然还是只有一对主人，然而来来往往的仆人便有十多名，他们照料着老板与阿精的日常生活。

十多人照顾两个人，此幢大宅又辽远广阔，气派不凡。可以想象，老板与阿精的日子过得极好。

富贵、舒适、闲雅。

吃早餐之时，一张长台上仆人来来往往奉上食物，源源不绝而来的有水果、炒蛋、香肠、沙拉、汤、面条、各款面包与饮品。老板曾经向阿精提出过这是过度使用资源，两个人的早餐何必放到一桌都是，但阿精坚持食物源源奉上的重要性，她深切认为单单一人一碟食物是寒酸、贫穷、无品位的表现。

像今天早上，阿精一边享用她的早餐一边忙碌张罗："这个雪花虾仁的蛋白好滑，做得好；火腿冬瓜条够清淡，适合早上的胃口。"于是吩咐厨子，以后可以常做这两个菜当早饭。

"这是什么白粥？当中的瑶柱一点都不够香，我们的海味供应商换了吗？"

"奄列①不可以连续两天用肉类做馅料，这是我告诉过你们的呀！为什么不选用蘑菇？水果也不错，近来的水蜜桃好。"

"为什么这星期没有芝士？给我要那种软熟的 White Mold Cheese②。"

当阿精指指点点时，老板像一切的男人，在吃早餐时不发一言，埋头在早报的纸张中，英文报章的头条是华尔街股市崩溃。他可以想象，由这个月开始，当铺的生意额必定会提升。

阿精正在品评她的咖啡："这种咖啡豆够香，出产地在哪里？"

老板从报纸中向阿精的位置瞄了一眼，他看到阿精的面前已摆放了五六只空碟，阿精的食量一向惊人，是普通男人的三四倍。老板反而吃得少。

他习惯了阿精对食物的啰啰唆唆，放下报纸，对她说："待会到后山骑一阵马可好？"

---

① Omelete 音译，指用鸡蛋与其他食材煎成的一种半圆的饼。
② 白霉奶酪，一种由雪白霉菌包裹的软质奶酪，法国最具代表性的成熟奶酪种类。

阿精放下她的豆腐味道雪糕，抬头向老板望去，欢喜地说："好啊！"

老板站起来，转身走向他的私人行宫，而阿精，望着老板的背影，满口豆腐雪糕的她笑得好开心。

她喜欢与老板一起做任何事，当然包括骑马。

她笑意盎然地赶快吃掉一个巧克力牛角包与一小碗日本冷面，虽然还是有点意犹未尽，但她还是决定今天的早餐到此为止。

阿精走回她的行宫，直入她那三千呎①的衣帽间，往骑马装束中搜去。好吧，今天穿这一套，皮革上衣，配白裤黑筒靴。

更衣完毕，她又走回楼下，穿越一道又一道长廊，威风凛凛的她走到屋外的马房，由马夫把她的爱驹拉出来，她骑的是一匹白马。

老板已经在他的黑马上，马匹在草地上踱步，阿精骑着她的白马向老板的方向跑过去，她的脸上有漂亮的笑容，与蓝蓝的天很配。

老板看到阿精的笑容，他也认为阳光下她的笑容很可人。他向阿精微笑，然后指着不远处的树林，他提议："我们比赛跑过树林，在树林之后的地方停下来。"

阿精一听便古惑地笑一笑，立刻策马奔驰，她要比老板

---

① 即 3000 平方英尺，约 276 平方米。

先走一步。

白马跑得那么狠劲，周遭的树木都变成绿色混合棕色的影，在影的幕场包围下，在速度的怀抱中，她有种夹杂于虚幻与现实的快感。跑快一点吧，再快一点啊，让我赢让我赢，赢不了你的心，赢不了你的注目，也请让我赢一次，让我的马匹比你的跑得快，让我如光速的身手令你招架不来，让我的英姿令你妒忌。

她皱着眉，坚定地向前注视，马匹矫健地穿梭在树林之间。老板有时候跑在前，有时候随后，阿精总不放过他。这是她在他跟前罕有的骄傲，放下了低头暗恋一个人的卑微，昂然抬头高速前进，在速度中，她得回她的尊严。

树林的前端散发出白光，即是说他们快跑出这个树林，到达约定的终点。阿精用力策动她的白马，再次擦过他的黑马，挡住了他的去路，她领先。

白光冲击流满她的一身，她和她的白马已越过树林，眼前是山崖，巨浪拍打声音不绝。

马跑到山崖边便停下来，向天叫了一声。

她回头，他的马正跑过来，他做了一个"你真棒，我及不上你！"的表情。她看见了，心宽地朝他笑。

赢了，顷刻，一身一心，都充满自尊。这一刻，她笑得最漂亮。

两匹马两个人在山崖之前，凝视巨浪滔天的海面，而天，万里无云。这一片海这一片天，背后的树林、草原和大宅，都完美得像假的一样。事实上，这是老板与阿精共同拥有的独立空间，他们要蓝天、巨浪，还是阴暗无光，海水平静如湖，半分困难也没有。在属于他们二人的空间内，一切受着他们的控制，包括吸取人的灵魂，包括这角落的天地万物，也包括时空。

有日与夜的转移，但没有时光的流逝，永恒的青春永恒不老的身体。在这奇异的时空中，他们无忧无虑地存活着，享受着这一切。付出的代价，是收买一个人的所有，奉献给一个他俩要下跪的大能。

老板与阿精在山崖上消磨了一会，老板先行把马匹调回头，慢慢踱步走进树林，返回他们的大宅。这一次，阿精跟在后头，再没有超越的借口，她跟在她爱的人的背后，一如过往的一百多年。最自由的爱情，便是凝望他的背影。

他不会知，不会取笑；而她，也不会看到他的冷漠。

这一百多年，这些日与夜，她也是这么过的，浮沉在一个男人的疏离之间。

返回大宅之后，如无需要处理的公事，老板与阿精都有自己的活动。

老板有他的小提琴。

在一间偌大的房间中，放有一张大木台，木台上是一把又一把未着色的小提琴和木板，中间又摆放了好些弦线。老板是制造小提琴的专家。

一百多年来他做了多少把？其实也不是很多，成功的只有二十五把。不成功的，怎样也有百多把，成功不成功，不是看技巧，而是看心愿。一个拥有无尽光阴的人，他的时间是廉价的，他希望用十年时间做一把琴然后毁掉，无人能够说是不应该。当然，以正常的速度，每天处理一些，一年也可以做出一把精美的琴。

老板意图制造一把完美的小提琴，他也花上大量金钱向坊间搜罗数百年历史的古琴。古琴质料上乘，只要弦线仍然有力，所奏出来的声音会是一流的。当然，演奏出来的音乐美妙不美妙，还得看这副琴有没有灵魂。

未完成的小提琴是胚胎，老板捧在手上注视着一具刚刚镶嵌完毕的小提琴，希望赋予它一个灵魂。

他对琴做出了一个"我赋予你生命"的动作，连续做了三次。琴没变，空间没变，他亦没变。

是的，只是一个渴望，闹着玩的。他从来只有带走一个人的灵魂的力量，没有给予的本事。

矛盾就在此，拥有大能，然而又不是所向无敌。

他放下了琴，这一把，要不要扔掉？

还是拉奏一曲吧。

老板把另一把有两百年历史的小提琴放到肩膊上，他合上眼，拉奏开始了。

引子轻快而跳动，未几，却瞬即变为深沉。

这是维瓦尔第（Vivaldi）的《四季》组曲中的《冬天》。

音调高而尖的会不会是冬天的烈风？低沉喑哑的，是当雪下得很深之时的回忆吧。急速的音调带动逼近人心的严寒，忽然之间，在凛冽之下，人的呼唤声逐渐沙哑起来。最后是寂寞，狂风暴雪再寂静之后的寂寞。

这是很男人的一节组曲，老板很喜欢拉奏这一段音律。

阿精由自己的行宫走出来，她听见拉奏的音乐。

她站到老板的行宫门前，听着他的拉奏，没多久后，她便替这段巴洛克时期的古典音乐谱歌词。

她的歌词是："傻瓜、傻瓜、傻瓜、傻瓜瓜、傻瓜瓜瓜瓜瓜……"

她唱得不算大声，但已禁不住开始手舞足蹈，她在一阕古典音乐中出尽力拨动手手脚脚，口中哼着同样的一句歌词："傻瓜、傻瓜、傻瓜瓜……"

都不知是形容她抑或是老板。

忽然，拉奏声音停止，吓得她急急脚跑回自己的行宫之内。

不，他不会听得见的。

不过，就算他听得见又如何？是了。她苦笑一下，耸耸肩。

阿精也喜欢音乐，但她喜欢有歌词的音乐。由人声如泣如诉唱出来的歌，可以跟着唱，可以供给发泄。

歌，不应单单只得音韵啊，一定要有情情爱爱的歌词才似样。正如人生嘛，不能够只得漫长的生命，当中，要有些情爱内容才更丰富。

这是阿精的信念。她知道，这一定不是老板的信念。老板从来不喜欢歌词。

阿精戴上耳机，她在她的行宫中引吭高歌。

唱得很兴奋，像大歌星那样有动作有表情，对着窗外的草原，她拳头紧握，唱着她认为与她有关的歌词，歌词中与她心事吻合的，她总唱得特别的响亮。

好肉紧好肉紧①，拳打脚踢，她由右跳到左，又由左跳到右。

唉。疲累了，便蹲下来叹一口气。唉。

有些时候，空闲太多，老板忙于造小提琴，阿精显得无聊，便会乘搭她的私人飞机往世界各地搜罗美食，顺便shopping。

今次，她去巴黎。

在一流的食店中，阿精要了核桃蒜蓉牛油焗法国蜗牛、烤兔仔肉及野菌、香煎鹅肝，一个蜜酒烩梨，以及一支Chateau de Mallenet 95 红酒。其他顾客对这位很能吃的小姐纷纷投以注目礼，她真是好胃口呀，每一碟都吃得不剩一片肉，连伴菜也一并扫光，很有滋味的样子，一口接一口。

什么也不剩下，她结账，接着到另一间餐厅再吃过，她

---

① 粤地方言，意指紧张、在意、着急的心情。

要了一个四个人分量的海鲜盘、红酒烩牛尾、墨鱼子海鲜啫喱、蟹肉云吞龙虾汤以及一个冻柠檬舒芙蕾。

同样地，她享受地全部放进肚子里，让嘴与胃感受食物带来的丰厚与满足，每一种味道，每一种从咀嚼中得到的质感，每一口落进胃中的重量感，令她全身上下都感动起来。

食物，是能量、是渴求、是补充、是满足。

当她处理了所有食物之后，神圣的微笑便从脸上泛起。对了，当一切都虚幻和捉不住之时，只有填满肚里的食物才是现实。

本来阿精仍然有意继续另找餐厅吃下去，但各店要关门了，还是明天再吃吧，先去买些喜欢的身外物。

她要换 LV 的两套旅行箱，另外她想送老板一个雪茄柜；去 Hermès 买丝巾与一款新造好的马鞍；Céline 的毛衣；Chanel 的珠宝，那条有星星的钻石项链，不买起它便会想念致死；Christian Dior 今季的长靴子……①

都一一运回酒店了，她躺在一堆堆物资的中央，抱着来回翻滚，这样打滚了数次，又觉得好无聊，她踢走了一个纸盒，然后蹲下来叹气。

真是什么都有了。

_____

① LV（路易·威登）、Hermès（爱马仕）、Céline（思琳）、Chanel（香奈儿）、Christian Dior（克里斯汀·迪奥），均是法国奢侈品牌。

挥霍无尽的金钱，狂吃也不胖的身材，青春不衰的容貌，然而，间中①，偶尔，还是很有点纳闷。

是因为惶惶无所依的心啊。吊在半空的。

在新买的东西中扰攘一会之后，她决定出外逛，她走到一间小酒吧，要了一碟小食，以及一杯啤酒。

漂亮如她，一定有很多人上前来搭讪，她会高高兴兴地与他们聊天，挑当中最有魅力的作较深入的交谈。他们喝酒，他们调笑，他们靠得近近的，最后，男人会抱住她，给她男人独有的温暖，给她男人的臂弯，给她男人有须根感觉的吻。

她照单全收，一直以来，对于陌生男人，她也是如此。

她长生不老，她超凡脱俗，她富甲一方。但不代表，她生活愉快，而且不寂寞。

她好寂寞好寂寞。

男人带她返去他的家，又或是她带男人返回酒店，都是平常而必然的事。她的世界不容许她交朋友，难道萍水相逢的人也要错过吗？才不，她要把握一些她渴望的体温与怀抱。

这一夜，阿精随一名棕色长头发的男人走到一座小酒店。男人身形高，穿T恤衫牛仔裤，气质也高雅，他说他是名学生，将来要做画家与诗人。虽然巴黎有太多画家与诗人，阿精也没有预感这名男人将来会有多大前途，但她还是跟他离开酒吧。

---

① 粤地方言，意指有时、偶尔。

只因为，他的背影，有点像某个人。

是了，当他转身拿起酒杯时，她便心软了。

小酒店是典型巴黎情调，回旋楼梯，楼梯旁边有雕花铁栏，像蔓藤一样向上攀展。灯光昏黄，照得墙上的人影好长好长，而影的轮廓清楚得像纸的剪影。

他俩抱着，他俩吻着，沿楼梯一级级纠缠而上，在指定的楼层指定的房间外抱住嘻哈大叫，七分欲三分醉，推门而进之后，男人一手把她推往床上。

阿精翻一翻身，笑着从床上跳起，男人伸手要抓住她，她却站定地上，这样对他说："我是一个预言家。"

"什么？"男人望着她。

"你是天蝎座的吧，而月亮星座是山羊座。"

男人抓了抓头，他回应："你怎么知道？"

阿精说下去："你八岁的时候父母离异；九岁时你高买①被学校开除；十三岁初恋；十四岁在另一段恋爱中失身；十八岁时你的二十三岁女友怀孕，她堕了胎，那是一个女婴；十九岁你寻找到真心爱上的女人，然而她却是别人的。"

男人的表情非常惊异，她全部说中了。

正要问她问题，阿精却止住了他的提问。

她微笑，像猫一样坐到男人的大腿上，脸向着他，她说：

---

① 旧时对盗贼的委婉称呼。

"今年你二十一岁，遇上了我，但你不会得到我。"

男人笑，伸手捏向她的腰，男人在想："我就是要得到你。"

当男人正抱着她要再吻之时，阿精伸出手指，在男人的两眉中心画了一个类似"8"字的符号，顷刻，男人双眼翻白，身向床上倒下。

这休克突然得让男人来不及惊愕。

从小酒店房间中看着一个男人，是阿精多年来的惯性活动。男人有男人的轮廓，男人有男人的味道，男人有男人的性感，在一个有血有肉的男人身边，她也一样寂寞，只是这寂寞总比单单凝望一个人的背影好。望着一张脸来寂寞，比望着一个背影来寂寞丰富一些。

她燃起一支烟，吸了一口，烟丝上升，缭缭如一个升往半空的灵魂。

她望着昏迷了的男人说："我告诉你吧，你不会长命，你是早死的，你会为一个不爱你的女人而死，到死，也充满怨意。"

男人没反应，他听不到。

"你也不富有，理想又实现不到。你的人生，可谓完全没有要点。唯一稍为特别之处，是你遇上我，因为我，今晚你的记忆会被清洗，押到第 8 号当铺那个地下密室内。"

是的，当铺的地下密室内，有一些没登记的回忆，不知是谁人的，无色无味，锁在一个个小木盒之中。如果，把木盒打开来，上升到半空的画面，都是阿精的脸，无数个偶遇中，有阿精的笑脸，她的媚态，她的甜言蜜语，她抛出来那闪烁却又寂寞的眼神。

这统统，是这些男人失去的回忆。

而他们的银行户口，会实时多了一小笔金钱。

真是出奇寂寞的一回事。通常，一个女人的满足，在于有不断念记她的男人，这个女人存活在不同的男人的脑海中，让他们怀念、猜谜、搜索。

然而，阿精连回忆也不能够让人留下。

存在，等于没存在。都无人记得起。

阿精站在窗前，她在等待天亮。她早已不是人了，她不会有肉欲上的渴望，她有的是超越肉体上的渴求。

这样生存了一百多年，太多凡夫俗子对她显示出兴趣，但没有一个是可以的——而这个当然了。可以的那个，却又似乎对爱情这回事毫无感应，阿精实在不明白，她与老板都是同一类生物；天地间，只有她配他，就如挪亚方舟中的一对对生物那样，是最自然最绝对，最不可或缺的。

偏偏……

真是寂寞。来来去去，她只得到老板的背影。

天终于吐白了，由青变淡黄的巴黎晨曦中，有白鸽在天空中飞，从一座楼房飞到另一座，栖息在雕花的栏杆上。如果栏杆后种有花，那就真是美得绝了。

阿精离开这小房间，走到街上吸一口清晨的空气，高跟鞋在石路上有沙沙的响声。她伸腰，她微笑，她打呵欠，然后，有太多时间的她，为自己定下另一个目的地。

在离开这都市之前，她决定先做一件事。她返回她的豪华酒店内，拿出酒店的信纸信封，她要写一封信。

信的内容是这样的：

你不在的时候，我十分十分地挂念你。

在大宅中走来走去，看不见你的可爱食相，听不到你的甜笑声，时间便难过绝顶，大宅比平日更空虚。

很挂念你，你何时回来，多希望你就在我身边。

信写好了，便放入信封贴上邮票，她写上大宅的地址，而收件人是她自己。

就像一切单恋到痴迷的傻人，阿精代替那个人写信给自己。

她知道，这样子，她便有所等待，回去大宅之后，还有一封爱意盎然的信在等待她。

过日子要有目标，才会如意。

她计划日后的行程，她会去土耳其，那里有酸奶酪饺子在等待她。

而当阿精还在周游列国之时，她写的那封信已寄回第 8 号当铺。

当从信箱中取过这封信时，老板一看信封上的字，便知道这是谁寄给谁的。他笑，他吩咐仆人放到阿精的行宫中。

有很多事，他知得一清二楚。

无反应，不作声，不参与，不代表不知情。

但知道后，他仍然只是笑一笑作罢。他能够做的是，把精神集中在其他事情上。

譬如一些正义的事。

老板翻看他的客户记录，重点是查看一批仍然在生的客户，他希望了解他们的近况。

日子过得好吗？典当后的后遗症处理得了吗？身为他的客户，钱是有了，但遭遇只会每况愈下，老板看着，非常不忍心。

今次他会帮助些什么人？

有一名客户，他首先来典当他的大屋，后来是他的公司，接着是典当他的寿命十年。最后，他典当他的理智。

老板还记得，那时候男人对着他说："因为我还清醒，所以痛苦才会降临；只要我失去理智，我的心情才不至于沉淀在哀伤之中。"

老板坐在他的书房内，听着男人的说话，便对他说："失去理智的结果是人不似人，没理智的人如一头畜牲，失却了人类分辨善恶的本性。"

男人垂首，脸容沮丧，"我的人生已全盘失败，我还要理智来做什么？不如糊涂地生存下去好了。”

老板回应他：“你的人生也不是那么糟，你的妻子与女儿十分爱你。”

男人却说：“因为我的失败，她们没机会得到荣华富贵，反而要为我挨苦。我愧对她们，我宁愿她们舍弃我，我还更安乐。”

老板望着绝望的男人，暗自叹了口气。他知他改变不了男人的心意，于是说：“你的理智的典当价值是那所你的妻女正在居住的房子，以及一笔现金，足够她们简朴地使用三十年。”

男人的目光内是感激，“谢谢你。”

老板拿出协议书，递到他跟前，说的仍然是：“想清楚才签署。”

男人注视着当中签署一栏的空白位置，表情定格了三秒，接着吸了一口气，挥笔签上了自己的名字。

男人抬起来的眼睛，有那具气魄的坚定。

老板说：“那好吧，我们开始了。”

只见老板扬手做了个催眠的手势，接下来男人的眼前出现了一片蓝天与草地，然后是一名穿婚纱的少女，那婚纱的款式有点古旧，少女的脸孔清雅可人，少女在咧嘴微笑，伸出她的左手，让眼前人上前来握住。男人也就仿佛感受到她的体温传至他的手心内，那一刻，多心满意足。那是他的妻子哩，二十多年前，她在阳光明媚的一天嫁了给他，那一天，他和她，在同一片天空下领略着幸福。

接着，男人看见他的女儿出生了，女儿牙牙学语，很快又背着书包上学。男人伴她温习，与她到海滩习泳。而忽然有一天，女儿居然带了一个男孩子回家，她告诉男人，那是她的男朋友。

男人深深地叹喟，每天辛勤地劳动，岁月擦身而过得多急速，不知不觉，已经二十多年了……

在理智失去的一刻前，男人脑海中出现了他一生最美好的片段，老板让他重温。就在男人叹喟过之后，随着老板轻放在他头顶上的手心，男人的理智急速地脱离了他，转送到老板的手心之内，那一抹米白色的光华，轻轻离开了它的主人。

他的理智，已被抵押送走。

男人后来在他所居住的城市的天桥底被发现，以吃垃圾维生。他衣衫褴褛，神志不清，过着无尊严的日子，与一只流浪狗无异。

他的妻女后来找到他，把他送进精神病院，他被关在一众同样失掉理智的人身边，白衫白袍，摇摇摆摆，行尸走肉般过日子。没有思想，没有合理的反应，当心头有想表达的话时，只能以无尽的尖叫替代。

"呜……呜……呜……"是男人的叫声。

也十年了。十年前，一个这样的男人典当了他的理智。

老板一直念记着他，他意欲为这名客人赎回他的理智；纵然，第 8 号当铺并不鼓励客人赎回他们的典当之物。

第 8 号当铺有不张扬的条文：每一名客人，最终都要倾尽所有。

阿精把这条文执行得十分完好，老板却偶一为之地打破这规条。当然，他做得很有技巧。

老板合上双眼，在脑海中搜索他的资料。

这是未来的一段资料。人的命运是注定的，历史档案有历史的资料，将来档案有将来的资料。他要搜查一个人，没有太大的难度。

合上的双眼中，急速越过一个又一个编号，像角子老虎机的滚动画面一样，老板要的人，就在这堆数字中。

需要的数字来了，老板的眼皮轻轻跳动了一下，数字便停在他的视线内，然后数字拆散开来，在分析的空间中，出现了一名少年的面孔。

画面逐渐放大，看清楚了，少年十六七岁，但不会言语，智力也低下，他整天望着电视机傻笑，口水侧淌半边肩膊。他不能照顾自己，而他的亲人要照料他一世，他是身边的一个大重担。

这名少年是属于将来的，他会是失去理智的客人的女儿一年后出生的儿子。

老板决定了，要与这名旧顾客谈一谈条件。

老板于是光临男人所在的精神病院。

时为深夜，病人都服下了安眠药睡去，病房外偶有医护人员步过。病院的情调，在晚间看上去，一切都是灰色的。

男人住在一间六人房间，他的床靠墙。老板站在他跟前，端详他的脸孔。十年了，男人今年五十五岁，典型中年人的容貌，略胖，眼皮开始下垂，头发白了三分之一。十年前老板遇上他之时，他很瘦，虽然沮丧，但眼神好坚定。

环境与年岁，就这样改变了一个人。

男人睡得很熟，就这样，老板无法与他沟通，而事实上，失去了理智的人，就算醒来了，也无法与人沟通。

因此，老板为男人准备了他的理智，老板把手轻轻按到男人的额头上，三秒之后又把手移离。

理智归位了。

老板说："多年没见了。"

这句话反映在男人的梦境中。在梦境内，理智也久违了。十年，他活在乱梦一片，今晚，罕有地，在梦中，有一句清晰的话响起。更罕有的是，他听得明白。

男人回话："请问，我的妻女生活得可好？"这是男人首先关心的。

老板说："请放心，你的妻子身体健康，女儿三年前结婚了，而在三个月之后，她将会怀上第一胎。"

男人感叹："太好了。"

老板说："她们之所以有好日子过，全因你牺牲了你的理智，换回她们一个像样的生活。"

男人轻轻说："我很愿意，我没有后悔。"

老板问："但你失去了与她们共聚的十年。"

男人说："都过去了。"然后他又问，"我还有多少年寿命？"

"二十年。"老板回答。

男人不作声，他明白，他还有二十年失心疯的日子。

他望住老板，他说："其实这十年我也有思想的，只是好混乱，也一直组织不起来。片段很零碎，我是留在一个大迷惑之中。"

老板说："我可以让你赎回你将来的理智。"

男人表情讶异。

老板说下去："但要用你女儿未出生的儿子作交换。"

男人立即断言："不能够。"

老板微笑："你是一名正人君子。"

"且听我说。"老板向他解释，"你的孙儿智力发展不足，他有一个弱智的命运，你的女儿会为了照顾他而疲于奔命半生。他的出现，剥夺了她人生的许多快乐。"

男人也就明白了："老板……"

老板说："把你孙儿的灵魂典当给我，我便让你赎回你往后二十年的理智。"

　　男人望着老板，眼神内尽是感激。他知道，这是老板故意帮忙的，一次无遗憾的两全其美。

　　老板告诉他："你的女儿在怀孕两个月时胎儿会流失，而你的精神病会在半年后医治好。你将会恢复理智，你的生活会重新有意义。"

　　男人本想一口答应，却随即想起了一件事，他问："我的女儿以后仍然有怀孕的机会吗？"

　　老板回答他："三年后，她会有一名女儿，那孩子性格良善，与你很投缘。"

　　男人禁不住心花怒放。

　　"接不接受这单交易？"老板问。

　　"感谢你。"男人告诉老板。

　　老板说："这只是一单 fair deal①。"

　　"我接受。"男人点头。

　　"那么请你合上你的眼睛。"

　　在老板一声吩咐下，随男人合上眼睛的这一刹，他忽然感受到一种无尽头的跌堕，像一切有理智的人的噩梦，飞堕进一个充满离心力的空间之中。

　　实际上，老板仍然站在他的病床边，手按到他的额前。

　　那跌堕终止了，男人低哼一声。

－－－－－－－－－－－－－－－－－－－－－－

① 公平的交易。

老板移开了手。男人的理智全然归位了。

病床上的男人表面上一如他的同房，合上眼在熟睡，然而，从明天起，男人的理智会一步一步重新运作起来，他将拥有比身边同伴珍贵的东西。

他会变回正常人，会被这所精神病院视为他们的医学奇迹。

老板离开了这间病房，离开了这所精神病院，他的心情十分好。他忽然想起了阿精，那封寄到大宅的信不是来自巴黎的吗？老板的表情略带笑容，他也想往巴黎走一走。

决定了之后，老板便起行。

许多年之前，他与阿精一同来过这城市，那是起码六十年前吧。第二次世界大战之前，阿精的语文能力仍然很差，人生路不熟，每一步都要跟他身后。但她是那么容易兴奋呀，四处指指点点，"你看，有这种帽子！""什么？当街接吻？""那间甜品店的蛋糕是什么？巧克力吗？""为什么这城市的人都爱养狗？"

在那极有情调的年代，他们享受着长生不老的新鲜感。那时候，二人都很快乐。

今时今日，阿精来来回回这繁华虚荣的城市也十多次了，老板大概知道她干了些什么，不停地吃，不停地购物，然后表现得像个中国公主，很有排场地使唤洋人为她搬这抬那。

老板坐在一家露天咖啡座上，望着眼前景物微笑。不知阿精有否坐过这位置？她在这个角落里又吃过些什么？有一边吃一边皱着眉品评吗？

老板在一个阿精不知道的时空中幻想着她的风姿。在她仍然四周奔走尝尽世间美食时，有一个人，在默默感受她在这城市停留的余温。

他在感受她，而她不会知道。

History
来历

一九〇〇年，老板原本有一个名字，姓韩名诺。

出身于富裕家庭，父亲为洋人商行的买办，为人西化，他让韩诺自小在神父办的学校接受教育，让韩诺学习外语和科学，并给他音乐方面的训练。韩诺八岁开始，便学习拉奏小提琴以及弹奏钢琴。

至于中国的四书五经，父亲另聘老师私人教授。

学贯中西，为父期望儿子长大之后效力国家，成为新一代真正具有知识的中国青年。

他们是广东人，家住一幢中西合璧的大宅，建筑材料选用石和砖，而不是一般中国人所用的木。大门外有绿草地，草地中央有一圆形喷泉，而喷泉内的一只兽，却又是中国的麒麟。

大宅的布置更是华洋兼备，款客的地方所用的是洋沙发，又有洋人的水晶吊灯，地毡来自波斯；然而寝室的布置一律中国化，花梨木大床，酸枝桌椅，中式洗面盆，但睡床上的枕头，韩老先生还是选用天鹅毛软枕。顶级享受。

韩老先生出身官宦人家，十六岁与范氏结亲，之后一直恩爱，没有纳妾。韩诺为次子，上面是一姐姐。子女少，韩老先生自然更着意栽培，尤其对儿子的教育与品德，甚为注意。

韩诺的姐姐十九岁出嫁，所嫁的夫婿是同一洋文老师门下的学生，韩老先生不仅让女儿学习洋文，亦让女儿结识朋友，当然他得保证，女儿的朋友亦是有头有面之辈。女儿嫁进一户书香门第，韩老先生也深感安慰。

在韩诺二十二岁之年，韩老先生送他到英国留学，在彼邦，年轻的韩诺剪掉辫子，穿上洋服，与洋同学一起学习，他修读的是医学及法律。

就像当时所有的中国青年，他对救国救民很有梦想，他日学成了，便回祖国行医，以科学的技术使祖国更进步。

勤奋的学生，在彼邦的生活颇为寂寥，那时华籍学生不多，只有六人，大家聚在一起讨论国事，把中国与西方国家比较。

但言语上的切磋，不算是真正的课余活动，当四野无人时，当真正感受到寂寥时，韩诺便抱着他越洋带来的小提琴。

他奏起莫扎特（Mozart）的《哈夫纳小夜曲》。宿舍外植有一丛丛玫瑰，八月，是玫瑰盛放的季节，夜间花儿释放更浓的香气，他在似乎听得懂他的琴音的玫瑰前，好好地奏罢一曲。

还可以再奏舒伯特（Schubert）的《罗莎蒙德芭蕾舞

曲》，海顿（Haydn）的《奥地利颂歌》也是优美的选择，舒曼（Schumann）的《浪漫曲》也适合在夜间拉奏。

来了这里有这样好，乐谱容易找得到，韩诺可随意在商店内拣选他喜欢的乐曲乐谱。

而且，他更是有机会前往音乐厅欣赏誉满欧洲的乐团的演奏。英国的音乐厅之宏伟瑰丽，远远超乎他的想象，金色的墙，红色的丝绒幕幔，衣香鬓影的绅士淑女，男的手握雪茄，女的手摇扇子，他们讨论刚才的演奏，讨论着乐曲，这种文化的优游，与韩诺成长的地方大有差异。他不讳言，他更喜爱这个暂留之地，拥有共同兴趣的心灵比较多一点。

但无论看多少次音乐演奏，他所能得到的乐谱再多再完整，日子还是很有点孤独。韩诺不知当中亏欠些什么，只知，在愈美丽的夜里，便愈体会得到空虚。

后来，英国的秋天来了，风很大，近乎风声鹤唳。由学院步行回宿舍的一段路上，风哭叫，落叶被卷起，他走在只余丫枝的大树下，抓住大衣的领口，却再用力抓，风还是卷进大衣之内。已经很冷了。

不知什么时候会下雪？广东没有雪，他有点担心自己会挨不住。

后来，韩诺收到父亲的信，请他接待从中国来英国的官员一家，姓吕的清朝官员一家人会在伦敦居住一年，替清政府办些事。他们刚到埠，韩老先生希望儿子能好好招呼他们。

其实韩诺自己也只抵埠了半年，有太多地方他没去过，最熟悉的只有宿舍一处啊！但当然，他不介意认识一些父亲想他认识的人。

吕氏一家抵埠伦敦时正值初冬，他们先乘船抵达南面港口，再转乘火车到达伦敦。除了韩诺在火车站迎接他们之外，还有两名英国官员，韩诺也就知道，吕氏一家是重要的人物。

火车到达了，吕氏的仆人帮忙搬抬行李，然后吕氏夫妇步出火车，接下来，韩诺看见一名少女紧随步出。

她穿洋装，姿容秀雅，冗长的旅程没有减低她的清丽，她有一种娴雅的气质，再奔波再劳碌也减省不去的气度。

韩诺一见便欢喜。

他抖了一口气，顷刻精力充沛起来。

热情地，他立刻上前向吕氏夫妇问安，然后随手抓起一件行李往肩上背，别人猛说着这是下人的事，他也不理会，硬是觉得，自己最好做些什么。

他与吕氏夫妇及吕家小姐同坐一辆马车，一路上他们都闲聊着。吕小姐也加入谈话，她的神情从容坚定，没有忸怩，目光正正地望着韩诺，甚有别于一般的闺秀小姐。

因着吕小姐的大方，韩诺也就放胆提问了："吕小姐第一次来欧？"

"对，"她笑容满脸，"但在家我已早早为这次旅程做准备。你看，我穿的是洋装。"她拍拍她的大摆裙子。

　　本来还有很多问题要问，诸如定了亲没有，但他决定下次见面才问。

　　吕氏要在伦敦逗留一年，他有的是时间。

　　马车转进一住宅区，吕小姐吐出一个字："Jubilee①……"她说，"我们到了。"

　　韩诺怔了怔，很不简单，还懂得外文哩。不由自主地，他自顾自咧嘴而笑。

　　吕氏一家住进英国政府提供的住宅，韩诺在人家的大宅内走来走去，非常宾至如归，他决定，以后多点来坐。

　　那天的风也很寒，他的大衣也一样透风，但今次他不用抓住领口，他不觉得冷。心不知多暖。

　　吕小姐名韵音，韩诺知道之后心情高涨了许多天，这简直是天作之合。以音乐作为伴侣的他，居然遇上了以音乐作为名字的她，韩诺相信，他俩甚至不用夹八字②，任谁也能明白，他俩是绝配。

　　韩诺常常到吕府，为吕太爷处理一些艰深的文件，吕氏父女也懂英语，只是还有不明白的地方，韩诺就为吕氏帮这个忙。

　　而吕氏有什么官方与非官方宴会，韩诺也被邀为座上客。

---

① 庆祝、欢庆之意。
② 意指卜算生辰八字是否相合。

一下子，生活忙碌起来，他再也不用每晚对着窗外拉奏小提琴消磨光阴了。

对于吕韵音的出众，韩诺真有点啧啧称奇，一个从未出过门的千金小姐，丝毫没有一般闺女的害羞小家子态，每句话每个眼神都坚定大方，对着他，对着洋人，她比起任何一名洋女士，丝毫不损气度，得体怡人，讨人欢心。

他看得出，她比他要强，这一种自惭形秽，令他更敬爱她。

有一回，韩诺向吕韵音试探："为什么你的爹娘不为你定亲？"

"我？"她笑出声音来，"我已推过两门亲事了！不过皆因我的两名姐姐都早早嫁了出去，爹娘还不急于将我送走。这次来英，也好让我为他们作个伴。"

而且，她更自报年龄，"不瞒你，我已二十三岁了！整个家族，女性来说，数我最大还未嫁人。"

韩诺点点头，他说："不用怕，我也是二十三岁，也尚未定亲。"他表情傻傻的。

"为什么你又不定亲？"她的目光炯炯。

他清了清喉咙，然后说："我的爹娘赞成我先行寻找意中人。"

她瞪大眼，"什么？"

"我的大姐也是自由恋爱的。"韩诺说。

她有点不相信了："真是不可能的事！"然后她走前一步，

回头瞄了他一眼，那眼神，饶有深意。

看得他的心狂跳。

韩诺也曾与同窗到酒吧见识过当地狂放的洋女士，那种野性、放荡，与男人一样的意志，真叫他看不惯。只是突然间，他从吕韵音身上，也看到一股类近的特质，这个女人，本性其实是不羁的吧。

这使他更深深被她吸引。

推掉亲事，念洋文穿洋服，勇敢面对陌生的地方，陌生的人。她真的比他强得多。

这一夜，他拉奏韩德尔（Handel）的《赛尔斯》慢板段落，不由自主地，他拉得特别好，特别充满感情。

已经下雪了，但原来，雪落下之时，并不那样冷。

有一回，吕府举行一个小宴会，形式为当时流行的年轻男女小型音乐会，由已相交的家庭中派出年轻的代表合奏或独奏一曲。韩诺被编排与当地一名门千金合奏比才（Bizet）的《阿莱城姑娘》，他拉奏小提琴，洋少女则弹钢琴。

通常这些聚会都是先聚集一起吃点东西，然后音乐会便开始，接着是在花园间漫步。有意思的男女争取机会了解对方及交谈片刻，这是很摩登却又合乎礼节的活动。

地点在吕府举行，但负责安排的是一位英国官员的太太，席间除了韩诺之外，更有他的两名华籍同窗，当然还有吕韵音，但负责表演的，华人当中只有他一人。

韩诺之前已练习了许多次，首次在吕小姐面前表演，令他很紧张，他一边拉奏一边望着席上的她。他发现，她的目光内有的是欣赏，他得到安慰了，这还是首次，他在她的眼睛内，寻找到认同。

蓦地，自己所有的价值都被肯定了。

却又忽然，吕韵音笑起来，她用扇掩面，笑了大约十秒。而之后，她的视线再也没落到他身上。

韩诺但觉，这一切实在太悬疑。

一组又一组表演过后，大家走到花园之外，喝茶吃点心。吕小姐正与两名洋青年交谈，韩诺在他们身边绕了两圈，他听到他们说及中国的情形；然而洋男子的眼内，望着美丽的吕韵音的眼神，丝毫与关心中国无关，他们关心的是面前东方美女的吸引力。

三人都没邀请打圈的韩诺加入话题，甚至没望他一眼。他气馁地走到另一端，而刚才与他合奏的英国少女，徐徐与他攀谈起来。

他一边和她说话，一边把眼神断断续续放到吕韵音身上，显得非常忙碌。

及后，他身边又加入了那两名华籍同窗，大家不着边际地说着中国的园林设计和西方的不同之处，韩诺有一句没一句地听着，直至他看见吕韵音离开她身边的洋青年，他便跟到她身后，她走回屋中，他跟着她走。

她站定，回头，问他："干吗不继续与 Miss Ankinson[①]说话？"

"Miss Ankinson？"他反问。

"她刚才与你一起演奏时，每隔三秒便望向你。"

"是吗？"他倒留意不到。

吕韵音又问："你会不会爱上洋妞？"

韩诺立刻说："这是没可能的事。"

"为什么？洋人很神秘啊。"吕韵音说，"他们的眼睛是透明的。"

韩诺说："我觉得你更神秘。"

吕韵音仿佛有了兴趣，她的脸上勾起了笑容，她问他："说得不错呀，但我有什么神秘？"

韩诺说："神秘得大概一个男人研究一世也研究不清。"

"哈！哈！哈！"她忽然大笑三声，便准备转身离去。

他却叫停她："别走！"

她没有回头，只是说："我又不是你的人，干吗不准我走？我要走要停，是我自己的事。"

是在这一刻，韩诺如此反应："好，我便要你以后是我的人！"

吕韵音终于停下脚步，但始终没回头。忍不住的是，脸

---

① 安金森小姐。

上有偷笑的表情。

她想，终于也说了吗？快去提亲吧，别再蹉跎岁月啊。云英未嫁的闺女，岁月好宝贵。

韩诺向吕老爷提亲之时，差不多是完全无困难，唯一的问题是韩诺的学业。韩诺的意思是，先回中国结婚，再回来英国继续学业。

把消息发到韩老先生的手中，除了是惊喜之外，再无别的反应。

大喜之时在考试之后，暑假的数个月刚好赶及乘船回国。吕韵音按照传统坐花轿，穿裙褂戴凤冠，只是脸上的红布已可有可无，他俩早都相处过。

那年代的大婚之喜热闹是热闹，却不会有韩氏这一宗的幸福，天作之合，真心相爱。真的，差不多可以预料，一定同偕白首了。

韩诺在一直无风无浪的人生中，继续享受着命运的善待。是完美的人生了吧，富有，具才智学识，身体健康，更加上拥有如花美眷。

所过的每一天，都只得一个美满笑容的选择。

幸福，这就是最贴切的形容词。

回到中国，吕韵音换回清末已婚妇女的装扮，她结上发髻，穿着淡雅，一身中国妇女的贤淑气质。韩诺忽然发现，这模样的她更具吸引力，也似曾相识，对了，像极了他小时候从母亲身上得到的回忆。

吕韵音会抱怨中式服装的单调，而且，原来她一直有个遗憾。

她对韩诺说："回去英国之后，我想再结一次婚。"

韩诺放下手中书本，问她："为什么？"

她便说："你有留意英国妇女结婚时一身的雅白吗？我想穿婚纱到圣堂行礼。"

韩诺疑惑了："穿一身的白呀……"

吕韵音说："不让老人家知道便行了。"

他点了点头，又问："教堂呢？我们可以吗？"

吕韵音说："我是教徒嘛，回去之后请 Father Luke①帮忙，或许可以办得到。"

韩诺听罢，觉得问题不大，便答应："你照办好了，一切随你喜欢。"

吕韵音微笑，忽然屈膝向韩诺鞠一个躬，然后说："谢谢你，老爷。"

韩诺一听"老爷"这两个字，蓦地涨红脸，不好意思起来。

然而却又想再听多一遍，他把妻子拉到怀中，在她耳畔细语："多说一遍。"

她便乖巧娇柔地称呼他："老爷——"

---

① 卢克教父。

听得他心也痒，接着是妻子的娇笑。

韩诺忽然知道，他也会如自己父亲那样，一生也不纳妾。

他已经太满足于她。

回到英国之后，吕韵音真的找来一间教堂，以及订造了一袭婚纱。来观礼的都是韩诺的同学和他们在当地结识的朋友，婚礼完毕之后，还在草地上举行了一个小派对。

韩诺对教堂有一种奇妙的感应，他感觉到这小屋的神圣，却又不期然的，每当走近之时也会有点抗拒。他说不出那是为了什么，小时候也在神父开办的教会学校读书，只是，一走近圣堂，心便虚。

像心脏刹那间停了一停那样，有种休克的虚无。

刚才，在圣堂内宣誓永远爱她之时，他一边说话一边全身发抖，吕韵音望着他，还以为他是太紧张所致。

十字架上受苦受难的耶稣基督有何不妥当？令他不能靠得更近。

走到草地上之后，他坐下来休息了许久，不住地对着蓝天深呼吸。

吕韵音握住他的手，她说："上主会保佑我们的婚姻。"

他一听，当下全身毛管寒起上来。这反应，是绝对的害怕；然而，这明明是祝福。

所以妻子三番四次劝他入教，他也推辞。明显，还是有些东西不能与妻子分享。

不久之后，吕韵音怀了孕，韩诺兴奋莫名，再没有任何事比这一桩更刺激新奇。他将拥有与自己酷似的后代，孕育在他深爱的妻子的身体之中。

是不是太厉害了？一辈子，什么都有了。

幸福，这就是幸福。

九个月之后，韩诺的儿子在六月出生，取名韩磊。

小磊长得跟韩诺一模一样，双眼皮高鼻子，小小娃儿，居然已十分英气。

然而又非常奇怪，小磊那双明清的大眼睛，望着成年人之时，仿佛有透视一个人的能力，但凡接触过小磊的人，都有这大同小异的感觉。

是的，那种坚定、深邃、透彻的眼神，完全不似初生四五个月的婴孩。怎么可能看穿一个成年人？怎可能有那些故事在内？

连吕韵音也说："小磊是不是有点太与众不同了？是不是我多心？刚才 Mrs Farrow 与 Mrs Howart[①]讨论着婴孩的健康时，小磊目光内带着冷笑。"

韩诺把婴孩接过来抱在怀中，他观察了一会，说："不觉得啊！"

吕韵音把脸凑过来，她说："现在还可爱一点……"

---

① 法罗太太，豪尔特太太。

接下来，小磊"哇"的一声哭了出来。之后，两名成年人都没把事情深究。再古怪，也还只是个小婴孩。

但看过小磊的人都会说："他好像什么都知道。""他什么都能看见的吧！""这双眼睛，怎可能是婴儿的！"

而结论的一句是："小磊是出类拔萃的孩子！现在已那么不同凡响了！"

韩诺与吕韵音，也就把这最后一句评语牢牢记住，抹杀了之前所有人的说话与怀疑。是的，只是小娃儿，成年人的心眼也太认真。他们宁可想得简单一点、美一点。

小磊开始学走路，又牙牙学语，一切也显得正常，很喜欢玩，又喜欢大叫，吃东西糊得一头一脸都是。渐渐地，也就不再有人记起他曾经有过的眼神，那种成年人也不习惯的通透冷峻。

当小磊十八个月之时，吕韵音提议带他去受洗，韩诺没什么意见，于是便由神父安排。虽然他对圣堂有不安的感应，但他不抗拒儿子成为教徒，有信仰，不会是坏事。

婴孩受洗是件重要的大事，吕韵音邀请各方好友到圣堂观礼。仪式在圣堂的中央，十字架之下举行。云石造的窝中盛满了水，小磊身穿白袍，被母亲抱住，神父一边颂祷一边把水轻泼到小磊身上。小磊一直没有太大的反应，是到最后神父接过小磊，把他放到云石窝中之时，小磊忽然尖叫："呀——呀——"

他挣脱离开神父的怀抱，在云石窝中乱拨双手，不断地狂叫，小小的身躯在浅水中上下跌堕，表情痛苦，尖叫加上双手伸前挣扎的动作，分明像个苦海中垂死的人。

代表救赎的受洗仪式，变得与死亡接近。

成年人惊吓起来。吕韵音急急上前，抱起儿子，小磊乱抓的手，在母亲左边的颈项上划出了一道血痕，十八个月大的孩子，抓出来的血痕，竟然那样深，血立刻淌下来，染在母亲白色的衣领上。

"算了吧！孩子不适，今天不受洗了！"韩诺上前一步，边拥抱妻儿边向大家宣布。

后来大家说起韩诺的儿子，都说他是名不能接近上主的孩子。

小磊自尝试受洗失败后，一直病，发热、咳嗽。

父母看着，非常心痛。韩诺决定："以后也不要带他走近圣堂。"

说这话时，他想起自己。

吕韵音反对："如果他有什么不对劲，我们更要引导他走向神！"

韩诺却坚持："不！"

"为什么？"吕韵音目光炯炯地望着丈夫。

韩诺深呼吸，尽力放轻语调，他解释："宗教容许自由意志，你让小磊长大了之后自行挑选要不要接近。"

吕韵音觉得有理,便不再与丈夫争辩下去。孩子的烧没退,还是身体紧要。

小磊病了三个月才康复,之后一直再无大碍,也显得聪明伶俐,学习能力很高。不够两岁的小孩,中文、英文都懂得不少词汇,很讨人欢心。

与父亲也特别投缘,他喜爱韩诺的小提琴音乐,他会像个成年人那样,在书房中坐得端正地,感受这音乐的美。

某天,韩诺正在拉奏一段贝多芬(Beethoven)的慢板时,还在拉奏的中段,他听到有人说了一句话:"我要你做的,你不能违抗我。"

韩诺把弓架起,音乐静止,他望向他的儿子。

书房内只有他们父子二人,他不能够肯定,这声音的来源。

只见,他的儿子望着他笑,那笑容,像一个成年的男人。

韩诺向前走去,朝向儿子的方向,但觉,这十步之内的距离,像是千里的远。

而且惊心。

儿子的脸,那张成年男人的笑脸,凝在空气中,韩诺每行一步,都觉得那张脸像在发出一个信号,陌生的,却又带着命令,令朝着这张脸的人,不得不走向前去,不得不站到这个笑容的跟前。

韩诺与他的儿子只有半呎的距离,忽然,儿子收起那张笑脸,在千分之一秒间,恢复一个孩子应有的单纯、童真以及无知。

他望着他的爸爸。

瞬间，一切胶在空气中的惊惶顷刻瓦解。

韩磊伸出胖胖的双手。

韩诺忽然间，只想哭叫出来。

他抱住他的儿子，刚才短暂却又不明不白的恐惧，在骨肉拥抱的体温中一点一点地消逝，不见了，没有了，怀内软绵绵，温暖甜蜜的一堆肉，只就是他的爱儿，单单纯纯，是他的儿子。

韩诺在余悸中怀疑着，那一句"我要你做的，你不能违抗我"，到底，有没有存在过。

自此，韩诺十分留意韩磊的一举一动。

吕韵音却似乎没有留意儿子的不妥当，她看着韩磊，总是心满意足的。

他们请来了私人老师教导孩子，韩磊聪明伶俐，学东西很快上手。韩诺一直观察着儿子，当日子渐过，他逐渐怀疑，当天在书房所见的那张笑脸，是真抑或是假。

或许，是自己多心。对了，事实本该如此。

韩磊已四岁了。一切，也相安无事。

就在此时，韩诺收到急件，他的父亲在家中病重，于是一家人急急忙忙收拾回中国。一路上，韩诺的心情都沉重，妻子伴着他，也是愁眉相对，只有小儿子，有那不知情的纯真快乐，天天在甲板上蹦跳晒太阳，可爱欢乐一如天使。

回到中国后，韩诺便知道父亲的病情有多重，大夫说已是时日无多。吕韵音不时走到圣堂为韩老先生祈祷，作为一名贤惠的媳妇，她希望她的信仰协助家公渡过难关。

而一天傍晚，当韩诺抱着儿子准备把妻子从圣堂接回家之时，忽然，韩磊这样说："你不要走近这地方。"

韩诺望着儿子，问："小磊，你说什么？"

韩磊说："我告诉你，这地方不是你来的。"

韩诺望着儿子的眼睛，才四岁的娃儿，目光内是一股认真，仿佛在说着真理。

韩诺忍着心中的迷惑，他问他的儿子："为什么？"

他的回答是："我们不属于这个地方。"

儿子的眼睛，蕴含着不该有的威严。

韩诺问下去："我们属于什么地方？"

儿子回答："你属于我。"

韩诺抽了一口冷气，韩磊的表情却若无其事。韩诺但觉，他抱着儿子的一双手，已经太过沉重，快抱不住了。

吕韵音此时由圣堂走出来，看见丈夫与儿子，便走到他们跟前，三个人边走边说些家常话，譬如韩老先生的病，清明前的龙井，以及英国那边的家事。

韩诺因着儿子之前的说话，早已有点困扰了，这时一边听着妻子的声音一边有点心不在焉。

忽然，儿子抱住他的颈项，小声地对他说："我不要这个女人。"

韩诺望着儿子，儿子的眼内有笑意。他站定下来，他心寒。

吕韵音转头，看见韩诺抱着儿子呆站在路中心，便走过去。韩诺见到妻子走过来，下意识地背转面，放下儿子。他不敢让妻子看见韩磊的眼睛。

吕韵音说："干吗停了下来？"

韩诺的脸色惨白。

吕韵音看见了，便说："不舒服吗？"

韩诺分神望了望脚边的儿子，韩磊只像一般孩子那样左右顾盼。

韩诺说："没什么。"

吕韵音说："来，我抱小磊吧！"

"不！"韩诺立刻说，"我来抱！"然后再次一手抱起儿子。

儿子的目光溜向市集菜档的一只小狗上，韩诺暗地抽了一口冷气。

那天晚上，半夜时分，韩诺走到儿子的睡床前，轻轻推醒了他。儿子睁开惺忪的眼睛，他含糊地说了一句："爹爹……"

韩诺一听，心便软了，这分明只是小孩子的口吻。

但他还是决定这样问："你究竟是谁？"

韩磊疑惑地看着他的父亲，他的表情明显是不明白。

韩诺不忍心了，他不知应该怎样问下去。

于是他告诉儿子："去睡吧，乖。"

韩磊翻了翻身，韩诺正准备转身离开之时，忽然听见儿子说话："我看见两个爷爷。"

韩诺立刻转身对儿子说："两个爷爷？"

可是，韩磊却又没回答。他合上眼，有一个要去甜睡的表情。

韩诺再度走近儿子，他蹲到儿子的旁边，问他："你还知道些什么？"

韩磊便说："一个爷爷躺在床上，另一个爷爷魂游太虚。"

韩诺怔了一怔，然后问："还有呢？"

韩磊又再翻了翻身，他合上眼睛，要睡了。

韩诺知道儿子不会再说些什么，于是，他离开了儿子的房间。他在狐疑着儿子说及两个爷爷的事。一定，会有事情发生。

过了三天，果然，韩老先生的病情急剧变化，忽然，他完全失去知觉，什么人也不认得，只懂睁眼"呜呜呜"地叫。

恍如失去人性、失去理智一样。

韩诺明白了，什么是儿子口中的"两个爷爷"。一个躺在床上无知觉，恍如活死人；而另一个，是由这躯壳浮游出来的灵魂，这灵魂没有完全脱离身体，但他飘呀飘，把知觉带离体外。

韩磊在大厅中跑，与仆人玩皮球。韩诺斜眼看着儿子，满心都是不祥的预兆。

他与他的妻子，公正光明，怎会生下一个这样的儿子？

他一直以为拥有极幸福的人生，如今，就有了破绽。

半夜，他再次走进韩磊的房间，他把儿子唤醒："醒醒。"他摇醒儿子，然后抱住他离开韩府，一直朝后山中走去。

沿途上儿子不哼一句，四岁的小娃儿，似乎心里有数。

走进一个树林，韩诺放下韩磊。

他喘着气。

而他的儿子说："爹爹，你不要我了？"

韩诺这样回答他："我受不起这样的儿子。"

韩磊这样回应他的父亲："但我还没有嫌弃你。"

韩诺看着他的儿子，孩子脸上有那得戚①之色。

他占了上风。

忽然，韩诺顿觉软弱无力，人太软弱了，刹那间，他便跪了下来。

什么也不再介意，他只想乞求。他说："求你告诉我，你究竟是谁？"

韩磊问他："你是怪我侵占你的儿子？"

他终于说了，他终于肯说了。韩诺望着这有形但无灵魂的孩子，内心是一片重重的酸。他是孩子的父亲，但他保护

---

① 粤地方言，意指得意、过分显摆，又指小孩可爱、天真。

不了他。

韩诺说："你放过我的儿子，你离开他吧！"

韩磊笑起来，表情阴冷。"自他是婴儿之时，我便与他分享一个躯体，只怕我要走了，他才不会舍得。"

仍然跪在地上的韩诺，伸手抓住韩磊的手臂，他哀求："你把我的儿子交回给我！"

韩磊看见父亲哀痛的脸，目光更是冷峻，他仰脸笑起来，天上繁星伴着这孩子的笑声，回响在这树林的上空。夜幕高而深，星光闪耀，这是一个多么美丽的夜空，而这夜的中央，有一对父子，在树林内交谈，父亲下跪在儿子跟前，儿子仰天高笑，孩子的笑声清脆尖削地在夜间空气中荡漾。

听得为父的心也震。

笑声是一个他控制不了的命运，笼罩住他下跪的全身。

韩磊笑完了，垂头望着他的父亲，他说："他日韩磊长大了，会继承这个世界。"

韩诺摇着头，他问："为什么你偏要拣选他？"

韩磊微笑："他是个漂亮的孩子，而且健康聪明。"

韩诺说："这些特质，天下间的例子多的是。"

韩磊说："就当这是他的命运。"

"不！"韩诺说，"我只想他做一个普通人，我不想他继承这个世界。"

韩磊说："你该感到荣幸，你的儿子是被挑选的，而你，也是。"

韩诺望着韩磊，他不知道，他也有一个角色。

韩磊说："你要辅助你的儿子成长。我看中你，因为你有与我沟通的能力，你的灵魂偏私于我。"

韩诺屏住呼吸，从来，他也不知道他的灵魂向谁偏私了。没有做过任何坏事，平生公正清明，只是……他一直害怕十字架上的神明。

难道，这已经是偏私？

韩磊说："我需要你，你该感到荣幸，你的生生世世，都有我在看顾你。"

但觉，全身上下都在抖震。

韩磊一直说下去："但是，父亲，我不喜欢那个生我下来的女人。"

"不！"韩诺惊呼，"她没有做错事，请不要伤害她！"

"但她的灵魂异于我所需，她与我不同类。"韩磊说。

韩诺明白，那是吕韵音的信仰。

他立刻说："我叫她改！"

韩磊微笑："但她始终没有归向我的命运。"

"不！"韩诺继续恳求，"那是我深爱的人……"

"我答应你，父亲。"韩磊说，"失去她之后，你会得到任何你想要的女人，以及荣华富贵。"

韩诺摇头："我不想要任何不属于我的人与物，我只想要回一个幸福的人生。"

韩磊于是说："谁说你该有一个你认为是幸福的人生？你的命运根本不是如此。"

说过这话后，韩磊的表情刹那间迷惘起来，接着就是疲倦，他的双腿一软，便坐到地上去。

小手伸出来揉了揉眼睛，他说："我要睡觉啊。"表情是单纯的疲累。韩诺猜到，这一刻，面前这一个，该是他真正的儿子。另外一个，走了。

韩诺抱起他，沿路走回韩府。

怀中的小孩是他的儿子，起码这秒钟他是他的儿子。他丢不下他。

就算抛弃了，难保他又用另一种方法回来。又或许，换一个躯壳，侵占另一个身体。

儿子很重。韩诺所走的每一步，都非常吃力。

沉甸甸的脑袋，回荡韩磊刚才的话，他说他的命运不该拥有一个他认为是幸福的人生。那么，他该拥有什么？

返回韩府，把儿子放回睡床，韩诺走到他与妻子的床上，吕韵音睡得那么熟，她不会知道，刚才，就在这一晚，她的丈夫与儿子，有一段怎样的对话。

之后数天，韩诺都茶饭不思，他知道，当中一定有些什么事情要发生。无论往哪里去，他都把韩磊带在身边。

韩磊表现正常可爱，韩诺望着儿子，他明白了为何偶尔，小小孩子会有那些邪恶阴暗面。

对了，如果那令人颤抖的力量愿意永远离开韩磊，他便从此无所畏惧。

韩诺决定了，他要保护他的儿子。

一天下午，韩诺出外打理韩老先生的生意，儿子也跟着去，在钱庄中，韩诺周旋得很顺利，其间望到韩磊所在的角落，只见他与两名职员玩得兴高采烈。韩诺看着，也就放心得很。

而他不知道的是，韩府内，正发生着意外。

吕韵音惯常地吩咐仆人准备晚上菜肴，然后在临近黄昏之时进入厨房留意一下煮食的情况。这一天，她在黄昏时进厨房，发现空无一人，该在的厨子、仆人全部不在，然而煮食的火照样猛烈，四个炉头也火光熊熊。

正要疑惑，菜在镬内，锅中有汤，砧板上有切了一半的肉，怎么没人在？

却在半秒之内，脑中狠狠一晃，吕韵音忽然失去理性，脑袋中原本想着的事情，一下子烟消云散，脑袋内，瞬即空洞洞的，什么也不察觉，而双腿，不由自主地前行。

眼睛，也像看不见，她有那迷梦的神情，一直走向那煮着一大锅汤的火炉前，那锅汤足够韩府上下三十多人享用。

已贴近那锅了，汤在锅中沸腾，有种愤怒的气息。

吕韵音的上身贴着锅边，衫尾轻轻触及火焰，她半点知觉也没有，由得火烧着她的衣衫，火光闪起来，卷动翻腾，绿色的雀鸟花纹上衫，顷刻着了火，衣服上的鸟儿，被烧焦了。

她的眼睛依然如梦一样，神情恬淡。究竟，她在做着一个怎样的梦？梦中可会感觉灼热？抑或是，连梦，也没有意境。

蓦地，她垂下了她的双手，随随便便地放进汤中。沸腾的液体，掩盖了她的一双手掌。

火一直向上烧，她的上衣都烧破了，火舌刚好触及她的下颚，那团火，要毁她的容了。

就在此时，一名下人走过厨房，看见当中一个火人直直地站着，立刻狂呼救命，叫喊了数声，便有人赶来扑熄吕韵音身上的火。

"少奶！救命啊！少奶！"仆人急急忙用油用水替吕韵音涂伤口和降温。一班救援的下人，全部都看到，那张一直张开眼来的脸，竟然一脸的憧憬，望着厨房外的天空，出神地着迷。

她在想些什么？她究竟往哪里去了？为什么她不知道痛？为什么她脸上充满旖旎？她究竟往哪一个世界去了啊！

韩诺回家之后，惊闻噩耗，立刻跑到寝室中妻子的身旁。已经被大夫治疗的吕韵音，一双手掌以及整个上身都被包得厚厚，敷了一身的药，她的眼睛已合上了，处于沉睡当中，而熟睡中的神情，温婉如昔。

韩诺心生激动，跪到地上痛哭。

仆人在他身后说："不知为什么少奶会半身着火，双手又插在热锅中……"

韩诺一边哭一边摇头，又向仆人摆手示意离开。

于是房间内，只有韩诺，以及一直坐在一角的韩磊。

韩诺知道韩磊在不远处，也没望向韩磊，他就这样说："求你停手。"

韩磊小孩子的声音传来："我一早已告诉你，我不喜欢她。"

韩诺望向声音的方向，只见韩磊坐在椅子上，十足帝皇一样的威严。

韩诺说："我愿意以任何东西，来交换我妻子和儿子的性命。"

韩磊忽然长长叹了一口气："唉……"

这一口气，有嘲弄，也有惋惜。

"韩诺，"他说，"原本你可以清清静静享受荣华富贵，失去这个女人，你还可以有更多；失去这个儿子，你却可以换来世间景仰的权势。只要你听话，你便什么都能拥有。为何你固执愚笨至此？"

韩诺红着眼，跪向儿子的方向，他垂下头，说："只要他们可以正常地生存，我什么都可以给你。"

说过后，他抬起眼来，那流着泪的眼睛，却是那样的坚定。

韩磊说："作为你的儿子，看着你流泪，我的心情也好难受。"说过后，他斜眼瞄了瞄韩诺，这眼神，其实带着几分轻蔑。

韩诺说："你放过他们母子二人吧。"

韩磊又再叹气。当嗟叹来自一名四岁孩子之时，这叹气，除了表达心情外，只有惊栗的意味。纯真的外表，覆盖着万年不灭的灵魂。好老好老。

韩磊看着他的父亲，说："既然你也无心帮助我，看来我们这一个组合不会成功的了。你说，我好不好另拣一名小孩来承继我的大业？"

韩诺双眼明亮起来，他跪着走到韩磊跟前，抓住儿子的小脚，乞求他："求求你……求求你……"

韩磊望向窗外的景致，说："我也不想勉强你，既然你的心不向着我。"

韩诺知机地说："感谢你！感谢你！"

"但是，"韩磊却又说，"我不能放过你。"

韩诺听罢，立刻屏息静气。

韩磊说："我让你知得太多，你只好以后都归顺我。"

韩诺静默，他听下去。韩磊说："你儿子的灵魂是洁白的，我一离开他，他便什么也不会知道，他可以重新做人，然而你却不能够。"

韩诺有点头绪了，他明白这件事的后果。

"你已经没有选择，你这个有记忆的灵魂，以后千秋万世也只属于我。"

这是韩磊的话。

韩诺只觉自己无任何反抗的权利，他垂下头听候生死。

"但我不会待薄你。"韩磊说，"你知我从来不待薄人。"

韩诺吸了一口气，望住他的主子，"你要我怎样，请说。"

韩磊说："我拥有一间当铺，来典当的货色不独是金银珠宝、佣人家眷，还有是人的身体、内脏、四肢、运气、年月以及灵魂。我什么也收什么也要，现正缺少主理这当铺的人，你有没有兴趣？"

韩诺想了想，便说："这似乎是我能力范围内可以应付的事。"

"听上去吸引吧！"韩磊说，"但你要记着，我要的最终是人的灵魂。金银珠宝大屋美女，我要多少有多少，宝贵的，是你们的灵魂。"

韩诺沉默片刻。

韩磊说："心肠软的你，有能力应付吗？"

韩诺知道，他亦只有一个选择，他点头。

韩磊说下去："那么，你将会生生世世为我打理这家当铺。"

韩诺反问："生生世世？"

韩磊回答他："是的，无尽无远，直至宇宙毁灭，直至人类不再有贪念——你说，是不是要生生世世？"

韩诺的脑海空白一片，生生世世，不死之人，他不能想象当中有可能发生的事。

那究竟会是怎样的生活？

韩磊看着韩诺的眼睛，他明白韩诺的迷惘，于是说："你会长生不老，血肉之躯不再有损伤，不会有病痛，你永远健壮一如今昔。而且，你会享有无尽的财富，你要多少便有多少，甚至不用请求，这个世界的荣华，是唾手可得。"

韩诺皱住眉，他还是觉得不妥当。

韩磊告诉他："而且，你会有一个伙伴，我让你从众生中挑选，这个人，伴你长生不老。"

韩诺望着韩磊的脸孔，他的儿子的神情，是皇上降下圣旨一般的威严。他知道，他无从抗拒。

然而他还是选择商议的可能："你可以告诉我，我的妻儿将来生活会如何？"

韩磊说："他们会随命运漂流，命运要他们好要他们坏，只看他们的造化，我不会阻挠，亦不会帮忙。"

韩诺立刻说："不！我付出生生世世，我要他们过得好！"

韩磊似乎被触怒了，他的眼内有火光。他不满意人类对他有要求。

韩诺看到韩磊的怒火，却又不知怎地，韩磊的不满，只令他更加坚持。韩磊愤怒，他要选择更愤怒。望着韩磊的目光，他要自己更加坚定。

他可以有可悲的命运，但他的妻子与儿子要无风无浪。

就在此时，吕韵音在床上呻吟起来，韩诺急急上前轻抚她的脸额，他为她的痛楚而心酸。半身被火烫，这究竟有多痛？在昏迷中，她可会听得到，他与她亲生儿子之间的交易？

韩诺跪在他妻子的床畔，他说："我要她幸福快乐。"

韩磊没有回答他。偌大的房子，在这夜半，是静寂的。

就这样，心一软，他便落下泪来，保护不了他所爱的人，他好痛苦。

缓缓地，他望着他的妻子说："你不给她幸福？我就来做我的当铺的顾客。"他的话，是说给韩磊听。他说："我用我所有的，来交换她一生的幸福。"

韩磊的目光也放软下来，他望着韩诺的背影，为这男人动了恻隐之心。

韩磊有权折磨他，亦有权满足他。

因为韩磊动了心，于是他决定满足韩诺。

韩磊说："你用什么来交换？"

韩诺凝视着妻子的脸，他说："我典当我将来所有的爱情，换来她一生的幸福，我要她再遇上真心真意爱她的人，对她对我们的儿子都好。那个人照顾她、爱护她、包容她、全心全意爱她，她跟着那个人，比跟着我，幸福更多。"

韩磊说："你将来的爱情？生生世世……"

韩诺说："不值得吗？"

"不，"韩磊语调中有笑意，"千世的爱情，换回一个女人一世的幸福，价值绰绰有余。只是，她根本不值得。"

韩诺说："她值得多少，由我来决定。"忽然他转头望向韩磊，他说，"别忘记，我是当铺老板。"

韩磊也就有了兴致，他拍了拍手，说："好！你说得好！我喜欢！"

韩诺加上一句："况且，我也不想要爱情。免我日后，生生世世也忘记不了她。"

说过这一句以后，韩诺再流下一滴泪，这滴泪，滴在吕韵音的手背之上。

她的双手被药物与布条包扎，韩诺的眼泪沁进布条中，未及触碰她的皮肤，便已经被吸干吸掉。

就如他们的爱情，原本还有许多路许多年可以走，但就在今晚便要告终。还未到达最深处，却原来已是最深。真是预料不到。

韩磊在背后问他："你决定了？"

韩诺垂下头来，微笑。当命运都决定了之后，他做得最轻松的是，挂上一个微笑。

韩磊从椅子上跳下来，走到韩诺的身后，他伸出左手，放在距离韩诺的头顶上五厘米的空间，然后，韩诺眼前划过一道白光组成的隧道，白光把他全身上下包围，力量一点一点地扩大，最后把他拉进那隧道中，他在隧道之内一直往后飞堕。

就在离心最巅峰的一刻，他叫了出来："韵音——"

还是最舍不得她。

所有的片段，在千分之一秒中极速掠过。当初她从火车上步下的神态，她在马车上的交谈，她在草地上穿着洋服的姿采，她为他诞下儿子，她欣赏他的小提琴音……

她的眼神她的笑靥她的声线。

还有她的美丽与她的爱。

——都从他的思想中给抽离，在白光之内，瓦解了，分裂了，不复还了。

他被愈卷愈远。他给予她幸福，换回一个不再有爱慕与眷恋的空白。

从此，他每当想起她，就只如想起任何一个故人，无痒无痛，只像曾经相识过。

曾经互相凝视过，互相牵引过，互相厮磨过……但是，一切只是曾经有过。

白光隧道一尽，便烟消云散。他会是一个没有爱情的男人，记不起旧爱的感觉，也不会爱上任何一个人。

他为她交换得来幸福，也为自己免却对她的思念。

当铺老板，就这样典当了他的爱情。

终于，他被抛出白光隧道。他成为另一个人，从今以后，有一项特质，他永永远远不会拥有。

一眨眼，他醒来在一张西洋大床之上，床的顶部有一层层米白色的帘幔。

他撑起身来，立刻便有仆人走来，仆人身上穿着西式的制服。

脑筋有些含糊，他问："这是什么地方？"

"老板。"仆人称呼他，"这是第 8 号当铺。"

"当铺……"韩诺呢喃，他还是记得曾经发生了什么事。

然后他又问："这是什么时候？"

仆人回答："今年是公元一九一〇年。"

即是说，年月并没有变更。

韩诺问："还有没有其他人？"

仆人回答："家仆一共有二十人。"

韩诺说："我是唯一的主人？"

"是的，老板。"

韩诺走下床，向着那扇窗走去，窗外的阳光好暖。

一望窗外，景色柔和美丽，一大片树林，绿油油的青草地，他还看见一匹马在踱步。

回望房中布置，这是他的寝室，典型的西方奢华格调，富贵而丰盛。可以睡五个人的大床，阔大高耸的全身镜，云石的墙壁，天花上绘有瑰丽的壁画。一踏出房门外，便是长长的走廊，红色绣上火龙纹的地毯，一扇一扇陌生的大门，他沿地毯走到走廊的尽头，最后看到宏伟的云石阶梯，阶梯之下，一排二十人的家仆向他鞠躬。

他已经来了另一个世界，他知道。

这世界不建于地图上任何一个角落，然而有心找上门的人一定会找到。

这儿是第 8 号，闻名世界的第 8 号当铺。

一名看似资历最老的仆人走上前来，韩诺便向着他的方向步下阶梯。这名仆人做了个手势，说："老板，请。"

韩诺便跟着他向前行。仆人向韩诺介绍大宅中的所有房间和设施，又往大宅外游览，他们骑上马往树林与山崖上走了一趟，一切只叫韩诺大开眼界。

最后，韩诺问："这儿从前有没有主人？"

"有。"仆人简单地回答。

韩诺再问："他为什么要离开？"

仆人回答："他犯了规条。"

"什么规条？"

仆人说："前主人私下用了客人的典当之物。"

韩诺点了点头，以示明白。

及后，他独自在这新环境中溜达，一边回想着之前发生的事。

他不会忘记他的妻子，他的儿子，他从前的半生。只是想起来了，一切只觉如梦似幻；最真实发生过的，却仿佛是最不真实的。

他想着他妻子的脸，她的五官轮廓他清晰记起，只是，心里头，没有半分难过，也不觉哀痛。

她是一个清楚无比的印象，然而带不起他任何感觉。

他知道，彻彻底底，他成为另外一个人。

清醒的、淡薄的，准备生生世世不死不灭的一个人。

已作了交换，也就无怨无悔。他看着窗外他的世界，他明白自己的任务。

首先，他要找一个伙伴，就如那人叙述的那样。

要找一个怎样的人双双对对？那人会是自己的伙伴，还是找一个听话的，醒目的，不计较的？最重要，是一个愿意接受这差使的人。

于是，每一晚，他在不同的地方不同的城市和村落试图碰上一名"对"的人。最后，他遇上一个这样的女孩子。

而女孩子，有这样一个身世。

那是中国中部的一个小村落，这村落的所有居民都以务农为生，种稻种粟种一些蔬菜，另外养猪、牛和鸡，每户都有六方块的地，自给自足，每年留部分收入作缴税之用。再有多余的农作物，便拿去省城卖，虽然，也卖不到多少钱。

挨饿的机会多的是，失收固然要饿，就算是好日子也一样饿，一把米两条粗菜，填得饱人的食欲吗？空洞洞的、不满足的胃，总是渴望着更丰盛的填补。

可会有大块大块的肉？油腻厚重的肉，咬在口中都是肥膏与肉汁，这肉的感觉，久留齿缝间，要多缠绵有多缠绵。咬到口的肉，含在嘴里，舍不得咀嚼，舍不得吞掉，就让它融化在舌头之上，含住不放不吞，含到睡觉，含至翌日鸡啼，那块肉仍然在,那肉香久久不散,永恒在口腔内打转,一张口,把口气倒流鼻孔,是最满足最了不起的事。

陈精的家就在这样的农村之中,她是其中一户农民的三女儿,其下有两个小弟。家中人数众多,于是挨饿的机会就更多,就算大时大节有肉可吃,也只能分得一小片。她便但愿,那含在嘴中的一块肉,不只挨得到黎明,如果可以的话,请再挨下去,朝朝暮暮,口腔内仍然有那一块不腐不变的美味。

没机会读书认字,根本,这村落连书塾也没有,走三小时的路再攀过三个山头之外,会有一座小城,那儿才有书塾,也有市集,有做大戏的地方,有富有的人家,有很多很多她羡慕的梦想。其实她未曾去过,梦想都是听回来的。

这个村落唯一有趣的是,当中有一名会看相的老人。

她是个老婆婆,懂得看相看掌,陈精常常跟在她旁边,看着她对村民说:"看你鼻头有肉,一定有好配偶,她挨得又做得,落田帮手无怨言,晚上夫妇好恩爱。好命也!"

其实,这种小村落,会有什么起伏的命运?随随便便谈半天,不十成准确也有七成准。但是陈精爱听,她觉得道出别人的命运是件快乐的事。

每天下田工作,很辛苦,吃不饱的小孩,非常的黑与瘦。

弯身插秧,她的肚子会叫;拉牛耙田,她的肚子又叫;就算把干粟米饭送进口中时,她的肚子一样在叫。夜里,月亮白白地照,她抚摸着她的肚子,还是依样地叫。

很想吃很想饱。这就是小小陈精的人生愿望。一个伟大的愿望。

久不久，也有长得比较登样的男孩女孩被送到省城去，说是打工。没什么钱送回家，但当这些男孩女孩回来村落时，陈精总惊异，他们都胖了、白了，状况好得多了。省城，真是个有得吃的好地方。

在她八岁那年，她的大姐出嫁，嫁到同一个村的另一户人家，大姐与那名粗壮的男孩青梅竹马，未结婚之前，陈精一早也在山边、稻草堆旁看见他们做那种事。她早就知道，男男女女，长大了便是如此，然后生下一大堆孩子，大家穷上加穷。

大姐出嫁，那天有鸡有猪可吃，怎么说也是一件好事。

又在她十一岁那年，二姐被带到省城打工，陈精可兴奋了，陈家终于有一个见世面的人。只是临行前二姐哭得好可怜，之后三年也没回过来，到第四年，两个男人用牛车把她抬回来，原来她给主人打死了。

说她偷东西，于是先把她饿上一阵子，然后打死她。

因为犯了规，工钱没收，陈家白白赔了女儿。

陈精立刻知道不妥当，二姐的不好收场，会不会影响她的前途？

她很想去省城打工，她的肚皮等待不了那些可以喂饱人的丰盛。

这就是她的毕生前途，她自小立志要达成的。

当有人向陈家要求一个女儿到省城打工时，陈精的父母断然拒绝。陈精二姐的遭遇，令陈宅一家认为，去省城打工实在是得不偿失的事。

陈精知道有人来过说项之后，她便问她的母亲："有人想找我打工？"

母亲回答："不要去！"

陈精不满："有得吃啊！"

母亲喝骂她："元宝蜡烛你吃不吃？"

陈精看着母亲既苍老又悲伤的脸，只好噤声转身走开。她走到田边，对着水牛一脸不忿气。

怎样，也要去一次。

想了一会，她决定自行与说项的人商议。那是一名中年男人，他在省城一家茶楼做小工，也替当地的大户人家物色打工的人。陈精找到他时，他正与家人享用着午饭，陈精瞄了瞄他们的饭桌，了不起哩！午饭也有一碟肥肉。

于是更加强了她的决心。

男人看见她在门边打量他的饭桌，于是便走出来，他问："找我什么事？"

陈精咽下喉咙中的唾沫，说："你找我打工吧！"

男人回答："你的爹娘不批准！"

"我想去。"陈精说。

"没你爹娘批准，我不能带你去！免得被人说我拐带。"男人摇头又摆手。

陈精还是说下去："那你告诉我那户人家的地址，我自己找。"

男人拒绝："怎可以这样！"

陈精便说："我自己找上门了，然后告诉他们是你带来的人，你的好处依旧呀！"

男人这才肯考虑一下，这做法才似样嘛。

于是，男人便告诉她到达那户人家的方法，走哪条路，攀哪个山头。陈精在心中算着，要走三日哩，在山边，要露宿啊。

但她还是觉得划算。到了省城，便吃个饱呀！

男人说完了，阿精却赖在男人的家门前不肯走。

"干什么？"男人问她。

陈精回答："给我一片肉……好吧！"

男人见她可怜兮兮，也就给她一片满有肥膏的肉，再打发她走。陈精把肉含在嘴里，肉的震撼力顷刻填满她的味蕾，接着封住了她的五官感受，以及四肢举止。太厉害了，为了享受这片肉，她不能动又不能叫，没有任何别的意志，只能专心一致地，被这片肉的丰满、滑溜、甘香、酥软所蒙蔽。

吃肉的时候，全心全意的，就只有这片肉存在。天地万物，都及不上一片肉。它就是她的穹苍宇宙。

当肉的味道淡化了之后，她才舍得咀嚼，肉的魔力开始瓦解起来，她的四肢才重新听话，带动她的身体向前走。

所以，怎么可以放弃到省城的机会？那里有很多很多的肉。

步过看相老婆婆的家门，陈精决定问一问。她说："老婆婆，我该不该去省城打工？"

她摊开了她的手掌。

老婆婆捉住她的手，然后，忽然，她眼一翻，接着叫出来："不要去！"

陈精望着老婆婆。

老婆婆说："会死的呀！"

陈精连忙缩回她的手，继而转身就逃。

是吗？有这样的事吗？去省城打工就有会死的命运吗？而留在村落中，是否就是嫁人，以及挨饿？

若然会死，也可以做个饱死鬼啊！是了是了，陈精停步下来，不再逃跑。她决定了，做饱死鬼，依然是一个更佳的选择。

那个夜，陈精偷了家中一些干粟米，以及几文钱，便往村外的山头逃走。她首先要攀一座山，而这座山没有太大的难度，皆因山地都被农民变作农田，沿路一边走，还可以偷点吃的，是故夜半的旅途也颇愉快。到天光了之时，她躲在一破屋中睡去，睡醒便找水洗把脸，继续上路。

如是者日复日，在山头走着，到第三天，她在最后一个山上看到她梦寐以求的省城。十五岁的小姑娘，开心得双眼泛起一层雾，看见了梦想，陈精便有那哭泣的冲动。

　　哪管一头一身的泥泞臭味，三天的步行也令她鞋穿皮破，但兴奋已盖掩一切辛劳，快活的她哼着歌，急急走下山。

　　省城人多，也有一些像陈精那样由外地走来的人，碰运气，但求有工可做，有饭可吃。沿路都是店子，卖布的、卖酒的、卖药的，而陈精最感兴趣的，当然是卖吃的。

　　那档口的肉包好香，她瞪着狂吞唾沫。

　　档主是个胖汉，他问："你有没有钱？"

　　陈精说："两文钱？"

　　档主立刻伸手拨开她："走开，别阻碍做生意！又臭又丑！"

　　被档主一拨，陈精向前走了数步，然后她看见，好些衣着艳丽的女子拦途截停走过的男人，她们娇声嗲气地说："进来坐坐啊！"

　　这些女子身穿花衣，脸上涂脂抹粉，白白胖胖，娇美动人。陈精心想，一看而知，这是个绝好的地方，如果不是，养不出肥肥润润的女人。

　　当中一名姑娘看见陈精，便问她："乡下妹，干什么？"

　　陈精忽尔决定这样说："我来打工。"

　　姑娘上下打量她，然后走入院子内向人传话。未几，一名佣人打扮的中年女人步出来，问陈精："牛二叫你来的？"

　　陈精不知牛二是谁，但她还是认了："是啊！"

　　于是那女人便把她拉进院子中。陈精只见四周种满鲜花，布置又花花绿绿，姑娘们娇艳慵懒地各处坐坐，空气中透着一阵香，陈精大开眼界之余，立刻决定留下。

一定有好东西可以吃。

她跟着佣人走到后房，那是佣人奴仆的休息间与住所。"我叫夫人来看你。"佣人对她说。

陈精问："有没有可以吃的？我三天没好好吃过。"

佣人显得慷慨："炒面好不好？"

"炒面？"陈精食指大动："好！"

未几，便有人送来一大碟炒面，陈精埋头便吃，炒面中有肉丝又有菜，香浓丰盛。陈精一口接一口，她发誓，从没吃过如此美味的食物。

满足得连眼角也会笑。

吃到一半，一名肥胖浓妆、富贵的女人走近，她一看见陈精便说："怎会是个女的！牛二不是替我找个男的吗？"

陈精知事败，她试图张开塞满炒面的口说话："我……我……打工！"

肥女人看着，皱着眉："不要！不要！女的，担又不得抬又不成，浪费米饭！"

陈精连忙把口中炒面夹硬①吞进喉咙中，她急着走前去抓住肥女人的衣袖，她说："我是女的，你就收留我做那些姑娘

———————————————————

① 粤地方言，有强行、执意做某事之意。

做的！"

肥女人定了定神，继而笑起来："她们是鸨儿，每晚要与男人上床啊！小姑娘！"

陈精也就明白那是什么，那即是大姐时常与姐夫光天化日在田边做的那种事嘛。于是她自然地说："没相干啊！"

谁料肥女人一甩开她的手，便是这一句："你照照盆水啦！又黑又瘦一脸土头土脑！哪有生意？"

陈精怔了一怔。自己有这样差吗？

"林妈，赶她走！"肥女人落下命令，转身便走。

那个林妈只好由后门推她走，推了数次，才推得动陈精。木门关上了，陈精迷惘起来，省城，比她想象中困难得多。

这亦是她首次知道，女人运用天赋本钱，原来可以混得好饭吃。

在后门踱步了一会，她决定找着那家原本要找的，是他们要女工。

找了半天，走了许多路，方才来到一座大宅，那该就是袁府吧！经过通传，果然便有人让她内进，一名中年妇人问了她一些问题，便着人带她沐浴更衣，陈精知道，她找对了门。

这似乎是一户富有人家，家院大，家仆也多，她更衣梳洗后，便随其他家仆在院子内打转。她经过了大房、二房、三房，于是她知道了，这袁府有三名太太。

中年妇人告诉她："你服侍大太太。大太太有两名婢女，而近来她多了个病，所以要多一个人来服侍。"

陈精问："吃得好吗？"

中年妇人瞄她一眼，说："大太太不会虐待人，其他婢女吃什么你便吃什么。"

"啊。"她想道，有得吃便可。

入夜后，陈精便见着大太太。大太太年约五十岁，肥胖，脸孔与体形和双手也见肿胀，双眼却有点外露，说话时声如洪钟。陈精不知道她有什么病。

后来大太太的一名婢女告诉陈精，大太太的消化系统坏了，一天大小二便多次，每次稀烂，陈精要负责清理大太太的大小二便，也要替大太太洗裤子与抹身抹脚。陈精睁大眼，她没料到她的工作如此下等，比下田更糟！

就在翌日，陈精便替大太太清理粪便六次，另外尿液八次，中间洗了三次裤子，临睡前又替大太太全身上下抹了一次。

到时候让她吃饭了，她居然吃不下去。那天大家吃粥与蒸肉饼，她望着桌上食物，只有作呕的感受。

还是生平第一次没胃口。

后来，隔了数天，她习惯了，便吃得习惯一点。袁府的伙食的确比乡下好，下人的伙食也有肉有菜，只是忽然间，陈精有点后悔。整天都在抹屎抹尿，闲下来之时，眼前有再美味的肉和菜，也引发不了胃口。

曾经连一片肥肉也是极致美味，如今什么也感受不到。

她知道，一定要使自己脱离这极厌恶的工作，她才能重新感受食物的美好。

她没忘记，她来省城就是为了吃。

于是，陈精开始部署。目前最佳的办法莫如调走大太太的其中一名婢女，由她来顶上，然后请一个外人来代替她原本的工作。陈精认为这推论合乎常理，于是她便着手实行。

她偷走大太太一些不算特别贵重的首饰，然后放到其中一名婢女的卧寝中，利用竹席下木板的空隙藏住大太太的耳环、手镯、指环。

终于，当首饰愈失愈多时，大太太下令搜查婢女们的卧寝，就在其中一张床下搜回原本失去的饰物，而那可怜的婢女，被拷打一轮后，赶出了袁府。

陈精以为奸计得逞之时，却又事与愿违，大太太决定从袁老爷身边调来一名婢女，而陈精的位置不变。新调来的负责服侍大太太饮食，而她，继续抹屎抹尿。

陈精心里不忿，奈何，屎尿照抹，她的双手，无论清洗多少次，依然是大太太的屎尿气味。

从袁老爷身边调过来的婢女，倒是还有点好处，陈精偷听到她与另一名婢女的对话，因而明白了还有别的奸计可用。

婢女甲问："服侍老爷好还是大太太好？"

婢女乙说："哎哟，你有所不知了，服侍老爷，真的不如走去怡红院当阿姑更划算！老爷呀，吃饭要人喂，一边喂他，他又一边毛手毛脚，完了塞来一只鸡髀便当打赏⋯⋯"

陈精听着，双眼亮起来，居然，服侍老爷有鸡髀可吃！

婢女甲问下去："老爷真是贱风流！有三个妻子还是要羞辱下人！老爷这阵子没到三太太那边吗？"

"三太太？"婢女乙瞪大眼，"得了个不知是什么的女人病！怡红院又要花钱啊！倒不如给下人一只鸡髀作罢！"

陈精一边听着一边想，比起服侍大太太，任何事都算是优差。

于是处心积虑的，她想着被调去服侍老爷的可能性。

袁府老爷年约五十岁，人很瘦小，却就是风流。陈精其实不明白男人，她只知道，有得吃便照做，人生，从来就简单。

他喜欢毛手毛脚嘛，由得他便好了。

老爷每天晚饭前都在书房中打理些许事务，书房内一向没有下人侍候，晚饭前大家忙于张罗，是一个没人管的时辰。

一天，陈精早在厨房中盛起一碗汤，告知别人此乃大太太要喝的，其实，她捧着汤走到老爷的书房去。

推门而进，又转身关上门。陈精对袁老爷说："老爷，大太太叫我先让老爷喝一碗汤。"

老爷抬头，问："是什么汤？"

"鸡汤。"她回答。

"你先放下。"老爷说罢，把视线放回公文之上。

陈精于是说："但大太太叫我要喂老爷喝完这碗汤为止。"

老爷抬眼，看到陈精脸上有娇美的笑容，心神当下一定，然后他自己也笑了，"大太太叫？"

"是啊。"说罢，陈精便坐到老爷的腿上去，并且说，"我第一次服侍老爷，请老爷见谅。"

老爷立刻呵呵笑，陈精于是喂汤了。每喝一口，老爷的眉都扬了一扬，眼角的鱼尾纹跳了一跳，忍不住，便伸手抱住陈精的纤腰。他不太认得这名婢女，袁府上下有二十多名下人，是今天两张脸这么近，体香又这样怡人，腰肢兼且软，他才决定，这是一张要记下来的脸。

小婢女微笑地把一口一口汤送上，气定神闲，他的手从她的腰上位置缓缓扫上，她也只是轻轻扭动半分。这个任由抱在怀的娃儿，十分讨人喜欢。

汤喝完了，只得一碗。陈精放下空汤碗，把上身贴得老爷更紧，含情脉脉的，望进老爷的眼睛，她说："以后我也来喂老爷喝汤好不好？"

"好！好！"老爷连应两声。

这幕喂汤上演完毕之后，老爷照样前往大厅与三名太太和八名子女用膳，陈精亦若无其事地走到后房与其他下人一起吃粗茶淡饭。今天的膳食，有菜有鱼有汤，比起在乡下时真已是天堂，只是陈精知道，她渴望的是更多。

譬如，三名太太久不久便有燕窝补身，炖品更是不缺，巧手的甜品亦源源不断奉上。陈精有上进心，她才不稀罕只停留在吃主人汤渣的层次。

而且，她要赶快停止那些抹屎抹尿的工作。她倒不相信，讨了老爷欢心后，她还要与大太太的屎尿为伍。

此后每天黄昏，陈精都送一碗汤给老爷，老爷与她一直停留在揉揉摸摸的阶段。有时老爷让她喝掉那碗汤，于是陈精便尝过了人参、鱼翅、鹿肉、熊掌等滋味，甘香甜美，极品的流质充溢着她的感官味蕾，精彩之处，教她合上双眼，仰头享受那在口腔打转的鲜美。老爷的手伸往哪里，她也不管了。

一天，老爷终于要求："你不让老爷真个享享受受啊！"

陈精把汤送往老爷嘴边，她眯起眼说："老爷，贱婢怕有辱老爷你啊。"

老爷伸手掐了掐陈精的腰肢，说："怎会！老爷不知多喜欢你！"

陈精再把汤送往老爷嘴中，"老爷不会知道贱婢平日怎样服侍大太太。"

"怎服侍啊？"他伸手进她的衣襟中。

"贱婢日日夜夜都要为大太太洁身。"

老爷立刻明白那是什么，他连忙停止了动作，也满怀防备地注视她捧着汤的双手。

陈精趁机地放下汤，站起身来，距离老爷两步，她说："贱婢的心愿，是以后都服侍老爷。"

老爷失去了扒在身上的那柔软躯体，立刻体会到失去温柔的失落,"好!好!我会安排。"对屎尿的厌恶,比起得不到的柔香软肉,其实又算不了什么。

"还有,"陈精一副楚楚可怜的样子,"贱婢身体孱弱,后房的膳食又吃不下咽,老爷可否批准贱婢进食三位太太的饭后菜?"

因着她的表情动人,老爷被打动起来,"饭后菜?不不不!你以后的膳食就跟三位太太一样。兼且——"

"什么?"陈精心急起来。

"兼且为你准备一间闺房,让你好好疗养身子!"老爷如是说。

陈精不敢相信她的耳朵,当下心花怒放,老爷把手伸向她一拉,陈精糊里糊涂地便被老爷压住了,她嘻嘻笑的,一点不介意。

简直是想也未想过的厚待。

当夜陈精便在后房收拾细软,她知道三名太太都很不满意,当中尤以二太太最甚。大太太年事已高,这些宠是她不争的了;三太太自从生下第二个儿子后,便患了病,已一年服侍不了老爷;这一年间,只有二太太与老爷最亲密,要不然,就是怡红院的姑娘了。

其他下人在陈精身后指指点点,她才不理会,莲步姗姗地移居进她的小房间。虽然无下人服侍,但从今以后,她再也不用服侍谁。老爷?雕虫小技啦!哈!哈!哈!

之后，陈精过的日子与少奶奶无异，根本没事可做，老爷不要她之时，她便只管吃吃吃。三名太太吃三餐，她一日吃足六餐，胃口大到不得了，只要是美味的，不分时辰，她都放到嘴中。

葱烧海参、松子鱼、童子鸡、翠玉饺子、煎鱼肠、黄蟹粥、百花酿瓜、油泡猪肠……一天之内，可以吃的，都塞到肚里。这就是存活的意义。

这就是幸福。

日子如是般过了一个月，陈精见老爷对她热情稍减，她唯恐变回普通下人，于是忙想了点办法，而女人的办法，古今中外，不外如此。

她向老爷诉说，恐怕已怀了身孕，又说无面目愧对双亲，一边说一边饮泣。她哀求老爷赐她一死，好让她有颜面见人。

老爷的提议是："孩子生下来，袁家养。你放心，孩子是袁家的人。"

陈精在心中盘算，那么自己呢？她又是不是袁家的人？

老爷不再说下去。房间内摆放了蜜饯官燕，陈精遥遥望着，忽然觉得，一切无味。

无名无分，根本无地位可言，也无安全感。

可是，世事就是如此奇妙，陈精的彷徨，很快有人打救。

而那人，竟然是大太太。

袁家上下都听说陈精有了老爷的骨肉，大太太知道之后，便向老爷提议立陈精为四太太。理由？大太太一向讨厌二太太，多了陈精，老爷的心便没有二太太了，而且，大太太与陈精，总算主仆一场，理应帮一把的。就念在她抹屎尿抹得企理①吧！

大太太放下手中药茶，把消息告知陈精时，陈精再一次不可置信。来了省城不过七个月，她由下人变成袁府的四太太，简直出人意表！

陈精双眼噙住了泪，立刻想到的是，今后，衣食无忧了。

当今，最紧要，就是真的弄个孩子出来。

袁府娶四太太没有大摆筵席，只是吃了一餐丰富的。陈精的生活也改变不大，房间依旧，但换了全新的被铺，衣服也添了些新的，手腕上脖子上挂了些金器，而身边，多了一名婢女。

稍微特别一点的事情为，自娶亲的那天开始，天便狂洒下雨，又重又大的雨点，密密麻麻地从天坠下。这样一洒，足足洒了一个月有多。

看不过眼陈精的二太太，会在四名太太用膳时说："我们袁家娶了人之后，天便开始哭，连天也看不过眼。"

陈精忍让着，不理会她。今天的荷叶饭够香，她一连吃了三大碗。

然而天灾真是件大事，雨一直狂洒，一个月、两个月、

———————————
① 粤地方言，意指干净、整齐。

三个月。稻田淹没了，畜牲亦然，听说，附近一个小村落，全村浸淹，死了许多人。

而袁府开始怀疑四太太根本没有身孕，陈精肚子扁平扁平的，除了吃饱之后。

本来这是要追究的事，然而因为有更重要的事情发生，这件重要的事情吸引了大家的注意力。

不独是袁府的注意力，更是全省城的注意力。

水灾，最后的结果是瘟疫蔓延。

已有数个村落被水淹没，死者无数，无人理会的尸体一夜间尸叠尸，浸在不去水的山涧中，尸体腐坏发臭充满疫症的病害，透过水源，传送至不同的村落。被水浸死的人多，染上瘟疫死的人更多。

省城中，已每天死十多个人，不死的，也病恹恹。

袁府内三名下人染了瘟疫，老爷落下命令，立刻把染病的人送走。而不出一星期，省城中一半人已染上瘟疫，死掉的，也好几百人了。

老爷决定带上家眷撤走，下人中不回乡的都跟上来，一行二十多人，便往另一个省城的路走去。

陈精知道，只要走三天，便有火车可以坐，这是大公子说的，挨得到三天，便全家上下有救。

但雨一直没停下，老爷及全家各人，每天都混在泥泞中向前走，一同逃难的，还有省城的其他人。夜间，上百人歇息在一间小破庙内，病的病，吐的吐，那种不卫生，那些汗味混合排泄物加上雨天的湿漉漉，用力点吸一口气也叫人立刻难受得要呕吐。

腥臭难闻、充满尸体的腐烂味道，死亡，都堵塞在每口空气中。

就在翌日，大太太便挨不住，她的屎尿一裤都是，而且神志不清。袁老爷思量一会，决定叫一个下人留下照顾大太太，其余成员一起照样上路。被要求留下的下人神色绝望，陪着染病的大太太，这真与陪葬无异。

陈精瞄了那婢女一眼，她知道，如果她不是变成了四太太，留下照顾活死人的，一定选中她。

一路上，袁家上下病的病，走不动的也有，每走一段路，也丢下一些人。雨下得很狂，第二天傍晚走的那段路，水深拦腰，这样一直向前走，根本都不知方向为何，只知道其他人这样走，他们也一样。

就在刚入黑时分，袁家上下围在一株大树下稍歇之际，蓦地，大地震动起来，被水浸住的双腿，原本已浸得麻木了，却仍然感受到土地的震动。

大家你眼望我眼，还以为是地震，当心神还在思考之时，却见不远处的小山丘上，一片狂水涌至，狂猛得如海中大浪，一直由山丘涌到平地。袁家上下以及其他逃难的人都准备拔足逃跑，却在一提足之际，身后纷纷传来惨叫的声音，刚赶得及回头一望，后面的人却都被洪水淹盖了。看见的，只是张大口苦痛的脸。

一片大水冲散了这群人，陈精伸手一抓，抓住了厨子的腿，而厨子，则双手抓住树的枝干。

厨子拼命踢开陈精，而陈精又死抓不放，到最后，水力加上树干承受不了重量，折枝了，陈精与厨子双双被冲走。

在临窒息与昏迷的一刻前，陈精想着的是，她已刚好两天没有东西到肚。

怎会这样的？千辛万苦来到省城，又绞尽脑汁一级踏一级，到最后，居然是空着肚子被水淹死？

好不甘心，不甘心得，昏迷的脸孔中隐约看到了怨恨。

正当中国的中部地区忽然被水灾蹂躏时，中国正在面对着一个大转变，辛亥革命爆发了，清政府正被中国人民所推翻。

老板在国内往往来来，一边处理他的生意，一边感受一场与他的生死已经毫无关联的大事。

人类只看到人与人之间的统治，却不明白，真正操纵生杀大权的，其实是命运，以及，干预命运的人。

倘若人的生老病死是由一个大能早早主宰，老板在运作的是，利用另一个大能去干预，然后逐点逐点地吞占。

先是吞占人类的财产，然后是身体，接着是快乐、运气、健康、爱情、理智……最后，便是灵魂。

如果生死有命，老板担当的是，把这条命收归他的当铺。

那么，他要下跪的大能，就满意了。

这是一盘好的生意，接受交易的人多着呢！他们什么都可以不要，身外之物都留来干什么？还是抵抗穷困、贫贱以及饥饿来得实际。灵魂的卖出价，可能只值一只烤得刚熟的鸡，这些生意，真的不可不做。

老板也没忘记要为自己找个伙伴，但一直都碰不上有缘人。

今天，老板来到中国中部，那里天灾频生，人命贱如泥，一天半天，便可换到上百个灵魂。他走在雨停了，大水也停了的堤岸边。他看见，这里的屋顶都被淹没了，每走三步，便有一具浮尸。

很轻易地，他便能够探测到谁还有一线生机。

走到一个横躺在堤岸边的男人跟前，老板蹲下来，伸手抚摸男人的前额。这是一个五官端正的年轻男人，他该是心眼也正派的人，这种灵魂，值钱。

男人经过老板的手心的触碰，神志便回来了，他缓缓地张开眼，当看见眼前这名衣冠楚楚的人时，男人下意识地发出求救的声音："水……很大……"

老板安慰他："已经开始退水了。"然后老板扶起他，"我来帮你。"

说也奇怪，男人感受到一股力量传送至他的感官与肌肉，刚从沉沉的睡眠中苏醒，却立刻感觉精神奕奕，全身上下，都精力充沛。

男人站直身子，朝四周望去，他看到浮在水中的一个又一个的躯壳。

他的实时反应是："我们来看看有否生还者！"说罢，探头朝附近的尸体中检查去。

老板当下对男人有了良好的印象，这个人好正直，而且心肠侠义。老板也就不再把重点着眼在收买他的灵魂之上。

被水浸过的尸体有一种紫蓝色，身体膨胀，脸容浮肿，男人看了三两个，便已皱眉，他抵受不了这种恐怖，以及距离尸体太近时扑鼻的恶臭。

老板决定帮助他。他已经感受到，在可见范围之内，只有一个生存的气息。

他向前走去，看到一块浮板上，躺着一个女人。那是一道木门的浮板，它救了这女人的性命。

老板对男人说："看看那木板上的人，可能有救。"

男人便走进水里，把木板推近岸边，老板没帮助他的意思，一切由得男人做主。老板意图观察他。

男人伸手探查女人的鼻息，"她还有气。"然后，他把女人搁到自己的肩膊上。

男人也有点不明白，为何他会如此强而有力，然而这一种救人的力气，又令他感觉愉快，女人重，但他的步履走得稳而坚定。对于这种正义的愉快，他起不了怀疑之心。

老板说："前面有一破屋，我们扶她入内。"

前面是一个小山头，这小山头与水灾的四周非常格格不入。虽然是破屋，但这破屋似乎没有被水毁过的痕迹，木块都光鲜坚固。

而且，破屋中，居然一地都是食物。有瓜果，还有一只动物的烤肉。男人并没思量，他放下肩膊上的女人，蹲在地上伸手抓来吃。

老板在旁边说："一定是山贼留下的。"

男人没理会，他使劲地吞下一切可以吃的。

老板看着他的狼吞虎咽，心里有数。

他说："你希望以后的日子也不再饥饿吗？"

男人望了望老板，说："所以我参加了革命。"

老板说："革命的最后，可能谁也救不到，你与你关心的人，都同样的饥饿。"

男人便问："那么我们还可以做什么？"

这时候，被救回来的女人苏醒过来，她呻吟了一声，痛苦地张开她的眼睛，她看到，面前有两个男人，以及一地的食物。不期然的，她的视线落在食物之上，紧盯着。

男人看见女人恢复知觉，便问她："你醒来了？"

女人望着那堆食物，含糊地说："吃……吃……"

男人友善地把瓜果递到她手上，又撕下一片肉给她。女人便拼命把食物塞进嘴里，一边呛着一边吃。

老板在这时候说："人会挨饿，会受肉身的痛苦，只因人只是人，如果人超越了人，人便不用受任何尘世间的苦。"

男人笑起来："人当然要受人世的苦！人怎可以超越人！难道升仙？"

老板望进男人的眼睛，他说："人也可以长生不老。"

男人怔了怔，随即说："吃长寿桃？"

老板告诉他："我可以令你长生不老。"

男人骇笑："你？你是活神仙？"

老板说："我在寻觅一名同伴，与我共同经历生生世世。见你行事热心，我很欣赏你的为人，所以意欲与你商量成为合作伙伴。"

男人见老板表情认真，便专心听下去。

老板说："只要你成为我的伙伴，你便能永享荣华，衣食无忧，尘世间一切最尊贵的，你都可以拥有。想象中的金银财宝、最动人的美女、最巧手的珍馐百味，一一都唾手可得。你成为我的伙伴，你这半生所挨过的任何苦头，都不用再重温。"

男人静止了他的动作，思考着老板的话，然后合情合理地，问了这一条问题："你要我做什么？"

正当老板准备回答他之际，忽然，男人呜呼惨叫，接着双眼翻白，继而应声倒地。

倒地的男人背后，有双手捧着大石头的女人，而石头上有血渍，男人倒下来的脑瓜，正急急流出一道血河。

老板惊异地望着女人，女人说话："你开的条件那么好，不如由我来做！"

她一直在两个男人身后，听着他们的讲话。大石头好重哩！她放回地上去，刚才出尽力一击，现在不禁有点气虚眩晕。

老板简直不能相信，女流之辈居然如此狠毒。

女人喘着气说："你说可以长生不死，又说可以享尽荣华富贵……所以不如由我来做！"

老板不喜欢她。他拒绝："我不要女人。"

女人便说："报酬那么丰厚，一定是做些见不得光的事！这种事嘛，我有天分！"

老板不理会她，径自走出这破屋，女人跟在后头准备起步，却只见老板双脚一踏出破屋之际，破屋一下子消失得无影无踪。女人心一寒，魂一定才随即叫嚷："何等法术！好厉害啊！"

老板一直走向前，女人跟着他，一边走一边说："我叫陈精哩，原本是一大府人家的四太太，但一场水灾便家破人亡……但你别看我有太太之名，我其实出身寒微，如果你不嫌弃，你就让我跟着你当婢女……"

老板停步，急速一个转身，伸手正要向女人的头顶拍下去。

女人敏捷地蹲下来，急忙尖叫："不！不！不！我不要死！我要长生不死！我要千岁万岁永世长存！"

然后，她索性抱住老板的双腿。

女人的神情坚决，因着她这种愤慨的坚决，老板的手没落在她的头颅上。

停在她头顶之上的手，并没有狠下心落下来。

"呀——呀——"女人忽然又尖叫。

老板收了手，转身继续前行。

女人终于收声，静静地跟在他身后。她其实还未知道这个男人究竟干什么勾当，她只知，跟得紧便没错。

老板没杀她，留下了她，让她跟着看他办事，她也见怪不怪的，老板掏出人的一个肝、一颗心，又或是撕出人的一条手，挖走人的一只眼，她全部只是"咦"一声，接着乖乖地双手接过。

对女人来说，这算得上什么？

最恐怖的，一向只是饥饿的感觉，吃不饱，肚子会叫，这饥饿，比任何血肉横飞更让人毛骨悚然。

没有道德观、是非观，唯一盼望是尘世的美食的女人，似乎也是一个好的伙伴选择。

相处不久之后，老板便认真考虑起她来。

而这女人最珍贵之处，在于她没恻隐之心，她对任何人都狠，她没有人应有的怜悯、同情。

凡人的手脚、内脏、知识、青春、快乐……她说要便要，身手利落地捧走，脸上没有任何难过。

再悲惨的身世，都打动不了她。

老板明白，这特点，她比他更优胜。

是在半年之后，老板与阿精，便成为当铺的伙伴。

"感谢老板给我希望。"阿精说，兼且做了个半鞠躬的讨人欢喜的姿势。

老板望着这个女人，以后生生世世，他都会与她作伴。

The Moment
当下

第 8 号当铺今夜来了一名客人。

他年约三十岁，棕色的头发蓬松而散乱，脸上架着黑框眼镜，身形瘦小。从比例上看去，这人的头比身形更大，令人一看便觉得，他必定聪敏过人。

他坐在老板的书房内，老板与阿精都未曾见过他。

他说："听……听说，这儿可以用一些东西，交……交换另外一些东西。"这人的外表独特，说话方式亦然，很紧张，也口吃。

老板回答他："是的，高博士，你想典当些什么？"

高博士便说："我……我……快找到完全根治癌症的药物。"

阿精搭口："很厉害啊！"然后，她递给高博士一杯红酒，她想知道，喝了点酒定下神来的他，会不会依然口吃。

高博士喝了半杯红酒，露出一副赞叹表情，继而向着阿精傻笑，他意欲表达对这杯酒的欣赏。

老板说："根治癌症的药物，可说是造福人群。"

"但……但……但是……"他的口吃仍然好严重，"我还差一点点……差一点点……"他说下去，"每次，我快要破解那疑团之时，硬是遇上某种阻……阻力……不是实验室停电，就是赞助人不肯再赞助……更有一次，是我突然轻微中风。我的口……吃……口吃……就是那样得来的。"

阿精问："你要我们保障你万事顺利？"

"是……是……"高博士说。

阿精问下去："那你用什么来典当？"

高博士回答："我……我用我所有后代的长子的智力来换取。"

老板与阿精齐齐怔住。然后阿精冲口而出："好！好！答应你！"

老板的目光内，却隐约看到精光一闪。他说："这单交易，我们得考虑。高博士，请你先回去。"

阿精有点愕然，她望了望老板，又望了望他们的客人。因着老板已做了送客的手势，她不得不走出来把高博士送走。

她一边送行一边对高博士说："你为了造福全人类而牺牲自己的后代，你好伟大。"

高博士的笑容仍然傻傻，"必……必然的。"

阿精又问："高博士有多少名子女。"

高博士却说："本人尚未娶妻。"

这一下子,阿精不得不呆了呆。高博士的表情却是从容的。

大门开启,高博士向阿精鞠了躬,便踏出当铺之外。外面,今晚又是刮风。

阿精皱了皱眉,当大门关闭之后,她转身面向室内,头微仰,合上眼,集中精神;继而,她从合上的眼帘中,看到高博士的将来。

她也就走了进去。

那是一间实验室哩,高博士在努力地做着实验,而一名女人带着三个男孩子走进实验室,那女人与高博士来一个深情的拥抱,而三个男孩子,在实验室内走来走去。

高博士将有三个儿子。阿精微微一笑,她放下心来,最怕他根本没子嗣,阿精才不想做蚀本生意。

满意了,她走出了别人的将来。恢复神绪,阿精走到书房。

她对老板说:"那高博士将来一生有三个儿子,所以不用替他惋惜失去长子的智力,余下还有两个。"

老板却说:"这单生意我不做。"

阿精明知老板有此一着。她说:"这是一单只有大赚的生意。根治癌症的药物,迟早有人会发明,但给高博士这种机缘,我们可以得到他连串后代的可贵智力。"

老板依然坚持:"就因为根治癌症的药物迟早也不是稀罕物,我才不想占有高博士后嗣的智力。他付出的代价太大,而我们占的便宜又太多。"

说过后，老板不再理会阿精，他转了身，捧着一本书，垂头阅读。

阿精说："我们这阵子生意不好，你却左推右推！"

老板不答话。

阿精低语："岂有此理！"接着，悻悻然走出书房，高跟鞋咯咯咯地响，步下往地牢的楼梯。

从那些放满手脚、人体器官、运气、岁月、理智、幸福、寿命的木架旁，阿精一直往前走，走之不尽似的。身边重复着人类的典当之物，每个年代，人类拿得出来的不外如是，而最终，放到这地牢中的，都是一个又一个不归魂。

还是有尽头。这尽头气温最冷，阿精推开跟前的房门，走进去。

这是阿精的工作间。她负责每半年清点当铺中的典当物，然后写报告，向上头呈上。

"你叫我这一次怎么写？"她烦厌地拿起墨水笔，翻开那本又厚又重的大皮面簿。这本簿，当被那重要的人阅读过之后，所有的字迹都会消失，今次，阿精当然又是翻到第一页。过往的，了无痕迹，永远是第一页，永远新的开始。

她写下去："Mr. Vonderik，典当了他的耐性基因；Miss Paradis，典当了一个上大学的机会；早村彻先生，典当了一双腿……"

写着的时候，本来仍然不高兴的，这阵子，只得鸡毛蒜皮的典当物。然而，看着这支会漏墨的墨水笔，她又想起当初老板一笔一笔教她写字的情况，不快就随着她的一画一点而减退。

目不识丁的农村姑娘，被老板握着手由中国文字学起，上大人孔乙己，然后又学习 ABCDE。因为自卑，所以一边学习一边发脾气，阿精恐怕学识字这回事是她力有不逮，为着害怕能力不够，她预先表露幼稚的不满，不知掷坏了多少支毛笔和墨水笔。

然而，到头来，她以奇怪来代替恼羞成怒，她不知道，这世界上有男人如此富有耐性，他肯重复地每天教她数个生字，她拍台她掷笔她乱抓她吐口水，他却仍然每天教她。后来，男人的耐性也就盖过了女人的慌乱，从不知何年何月开始，她便会认字，她达成了一项她想也未想过的技能。

这个男人像尊石像，永远不动声色，阿精在远远看住他，便觉得好笑。他对她说，学懂认字写字，世界便会阔大得多，长生不老或许不会那么容易闷。她想了想，也许是对，学懂字可以阅读，即是说会懂得看菜谱。

也好的，也不坏。

今时今日，虽然把书捧上手头会痛眼会花，还是没耐性看罢一本书；但最低限度，到了世界上任何一个城市，也不会迷路。果然，长生不老，识多点字，世界好玩得多。

现在阿精一边记账一边想着令她开心的事，嘴角便有笑意。

怎样为老板掩饰那些来过却又被他拒绝了的客人？这个高博士，不如就把他写成基因出错者，他的基因不好，遗传给所有后代的基因也一律不好，于是，根本就是单不值得的交易，当铺不要也罢！

半年前，老板把理智归还给一名客人，这种让客人赎回典当物的做法，阿精知道后也一额汗，幸好老板没忘记向客人要回些什么来交换。老板要回客人未出生的孙儿的性命。

阿精知道，那原是名弱智的胎儿，但她在账簿中，却故意写道，那名未出生的胎儿价值高昂，本应有着惊世骇俗的命运。这样写下来，便抵偿了老板不该有的恻隐之心。

放下笔，阿精舒了一口气。只望审阅这账簿的，没有查明深究。

一次又一次，每年总有许多单交易，阿精要为老板掩饰，每次都避得过，但阿精总是心寒。如果，那审阅的不高兴了，她与老板，不知下场会如何。

她大可坦白推老板出来认罪，她明白，事后她的日子只会更风光，但她不想。

陪他去犯罪，就只因为，她就是要陪他。

她知道，大不了两个人一起受罪。她虽无做过，但如果他有罪，她也要有。

纵然这个男人真如石像，无反应无冲动无渴求，但她就是要保护他。

有时候阿精会想，老板做那些坏规矩的事，完全不为他们二人的安全着想，这实在自私可恶。她教训过他，他不听，她便又再教训。而到最后，她就由得他。

由得他由得他由得他。

气冲冲的女人，事后惊完怕完，又当作没一回事。

而那永远置身事外的男人，连多谢也没一句。

只在奏他那讨人厌的小提琴。

琴音又在老板的行宫中响起，小提琴独有的旖旎缠绵，一段一段回荡泣诉。

阿精永远分辨不出这首曲与早前的一首有什么分别。事实上是，此刻老板所奏的是葛里格（Grieg）的《献给春天》。她听了一百年，也没有听懂。

小提琴音的世界就是老板的世界，她不懂得。只是，这世界早已包围住她。

她盖上又大又厚的账簿，走出这小房间，再走过存放典当物的木架。在这些本属于人类的拥有物旁边擦身而过，走到一切的开端时，她深深叹了一口气。

老板的曲还未奏完，激昂地有一粒音符走了调。阿精扬了扬眉毛，沿楼梯而上，离开这地牢。

其实，刚才老板在试用他新造的一把小提琴，那道弦调得不够好。

他知道阿精在地牢中一定又是万分苦恼。那本账簿，他翻阅过，阿精总把他的所作所为美化，美化了之后，一切背叛便不是背叛。多年来，他一直平安无事，还不是多得她。

他把弦线调校好，再放上肩膊上拉奏，今夜的月亮好圆，而他的脸上薄薄地有一层笑意，那种薄，就如伴随月亮的雾一般的朦胧。

当铺内一切依旧。阿精在用早午晚餐时，放满一桌子的食物，吃得闷便飞到世界各地搜罗美食。最近，她在奥地利买下一个葡萄园，用来制酿红酒，她知道，老板不贪吃，但老板爱喝。于是，她拥有她的葡萄园，用来为她的老板制造她认为是最好的佳酿。

惯常做的是，她要了解世界各地一级交响乐团的演奏时间、地点，然后提前半年预留最佳座位。把老板的作息时间表编定妥当，陪伴他出席欣赏他喜爱的音乐。

较琐碎的是给他的衣服换季，替他订阅杂志，甚至录像世界各地他爱看的电视节目。什么破解基因之谜、宇宙探索、深海奥秘。老板早早超越了人类，却还是对人与这地球充满感情。

阿精的生活绕着老板来走，就如秒针跟分针，行星跟着恒星，很忙碌很忙碌。

那个被侍候的人永远背对着她，背着她看电视、看书、沉思、奏小提琴，而侍候的女人，居然又心甘情愿望着那背影微笑。

或许，爱上那个背影会轻易点；或许，一个背影，足够代替所有自我、尊严、卑微；或许，这个背影，是最美丽。

阿精把目光移离这背影，她走回自己的行宫，关上门。她斟了一杯酒，为这长生不老的爱情喝一杯。

不久之后，阿精决定又找点事情来做，她要装修第8号当铺。

幕幔由原本的红色变成米白色的纱幔，绘有名画的墙身变成石头的质感，所有深棕色的古老家具统统消失，换上浅灰色的沙发、白色的台椅，家中各处还要每天插上鲜花。

最后便会像欧美的现代化家居那样。

轮到老板的书房，成千上万的书她不会碰，只是，她也要把这书房的古老图书馆气氛驱走，一切都以米白色为主，要摩登考究。

工程在进行，而有一天，阿精在书房内监工时，随手在上万本书中伸手一拿，又顺手一揭，便翻出了一张不属于这本书的东西。

那是一张老照片。照片中有老板，他身旁伴着一名女子。老板穿着古老的西服，那女子是华人，却又是同样穿着洋服，发式也是西洋妇女的打扮，头上戴了一顶帽子。

阿精检视这照片，那该是一百多年前的年代。她大概知道老板之前是什么人，是名出洋的留学生，只是老板的私人生活，她一概不知情。

真教她有点惊奇，老板缘何会与一名女子合照？而发黄的照片中，还留有一种挥之不去的幸福感觉。

阿精注视着照片，她是谁？

难道老板也有过爱情？

想到这里，阿精既兴奋又妒忌。兴奋是她发现了老板有另外的特质；妒忌是，老板把爱情交过给别人，却没留下一点给她。

她咬咬牙，把照片收好，放回这本书之内，继而摆回书架。

那女人的脸孔她记下了，而她可以肯定，印象深刻。

这张令阿精讶异的脸，属于吕韵音。她也逝世了一段时候。

老板最后一次见她面之时，在五十年前，那一年，吕韵音七十三岁，癌症末期，在医院病房内等待迎接死亡。

老板时不时也有回到吕韵音的身边探望她，他每一次，都没让她看见。

自那次火伤后，她复原得很好，老板要求的，也都应验在吕韵音身上。她的肌肤神奇地不留任何火伤的痕迹，外形一如往昔清丽。而韩磊，也乖巧聪明，正常健康。

吕韵音一直在等韩诺回来，所有人，都为韩诺不明不白的失踪忧心，深爱丈夫的她，更是茶饭不思。

有人说，是遇上山贼；有人说，他参加了革命党；亦有人说，他其实是大清政府派来的，作用是调查革命党人的勾当。

她一直等下去，五年、十年……一直地等。

就如所有的中国妇女，她变得深闺，唯一的活动范围，就是韩府大宅，她服侍韩府的成员，好好教导韩磊。而与丈夫在英国拍的合照，她一直保存着，当心头一有空，便对着发呆。

韩诺典当了他的爱情，用来换取吕韵音的幸福。已变作老板的他，回去吕韵音身边探望她，却发现，她并没有得到幸福。他以千秋万世的爱情来换她一生的幸福，那幸福理应是绝顶的美好吧！然而，她只是坐在房间内，日复一日，倚着窗凝视他们的合照。

日出、正午、黄昏、日落。只要她的视线偶尔容许，她的目光便落在这二人的凭证之上，到了最后，他们的合照，便成了她视线内唯一的风景。

无论看见谁，无论眼前是哪种景物，眼睛内，都只能反映出那张合照。

深深投入了这照片之内，仿佛人生都已被困在照片之中。

再也不能活到现实去。

起初，老板发现了吕韵音这些郁郁的日子，心里头很不满，差一点便要找负责人对质。后来，他才知道，谁都没有错。

吕韵音一直有很多倾慕者，韩诺失踪三年，那时辛亥革命刚成功，一名前清朝的贵族南下逃乱，到韩府拜见韩老太，当吕韵音从偏厅经过时，他远远瞥见，心里头便抖震起来，只见一眼，难忘得彻夜难眠。

后来，此名清朝贵族逃到日本，安顿了一年，见环境安全了，又折返广东，为的是再见吕韵音一面。这一次，他获得正式面对面的相见，然后他决定，他下半生也不要失去她。

他向韩府提亲，他不介意讨一名丈夫失踪了，又带着儿子的女人。吕韵音却拒绝了他。

吕韵音拒绝他、没放他到心上，连见一眼，也不愿意。

又过三年，韩磊得了肺炎。吕韵音不肯只让孩子看中医，她要求看西医。借着吕老爷的关系，请来了英国医生为韩磊治病，而当孩子的病治好后，这名英国医生已深深爱上吕韵音。而她，亦拒绝了这位英国绅士的美意。纵然，连月的交谈中，吕韵音明白，大家兴趣相投，而且对方真心真意。

当韩磊十二岁时，韩老太太过身了，韩府便分了家。吕韵音带着儿子回娘家居住，而吕府亦举家迁往上海。就在那里，一名银行家看上了吕韵音，他是中国三大财阀之一，早年留学美国，年轻有为。结果却也是一样，吕韵音又拒绝了他，完全没考虑的余地。

是的，答应了的命运，一一实践到吕韵音身上，她的生活安稳，而总有极佳的男人真心真意给予她幸福，然而，她违抗了这些幸福，摒之于自己的命运之外。

老板每一次看见她倔强地、冷漠地、不相干地把别人的爱意送走，他只有不明所以。已失去爱情感应的老板，只知道，这是一个女人的不理性行为。她推却了这些好处的后果，就是孤单一人过日子。

伴着她，只有那张渐渐变黄的合照。

韩磊一天一天长大，在吕老爷的栽培下出国留学，及后留在美国发展，没有回国。当他在当地与一名同是留学美国的华人女子结婚后，吕韵音便被接到美国居住，那一年她也年近五十岁了。

而新的追求者又出现，他是韩磊任教的大学的其中一名校董，亦是美国的一位富豪。

老板看见他们有说有笑，在水晶灯下两人的脸色欢欣祥和，老板还以为，吕韵音可以放下她的倔强。却就是，她在别人求婚之后，便狠狠拒绝了。并且决定，大家以后不相往来。

老板也就知道，她连这一次也义无反顾地拒绝，大概以后，他也不能再对她的幸福有任何期望。

不在中国，她已经不再有作为女人的性别压力，而且，儿子也早已长大成人，她对异性的追求，本应可以放松一些。然而，她还是面对谁都断然拒绝，决绝而干脆。

转眼，便步入老年了，到老，她也是自己一个，并没有如韩诺所愿，给她交换上幸福。固执的女人，就这样过了她的一生。

她临终前，已是中年男人的韩磊，带着三名成年的子女，站到母亲吕韵音的病床前，各人都忍不住伤心地垂泪。

吕韵音是一脸的安然，她祝福他们，告诉他们她不舍得以后没机会再见，然后，她说，她需要一个人静一静。"在人生最后的这数分钟，请容许我独自怀念。"她说。

于是她的儿子、孙儿退出了病房。七十三岁了，又得了重病，今天的她已是垂垂老矣。可是，因为有着她一直珍重着的回忆，垂死的脸上，依然挂了个令人舒适的微笑。

她想起韩诺，想起在英国时与他一起的日子，想起他奏的小提琴。合上的眼睛，就是无尽的宇宙，不独看见星看见月，还有英国的草地、英国的玫瑰，韩诺永远英俊而可靠的脸，他的温柔他的善良他的体贴……在合上的眼睛内，她有她一生最骄傲的事，便是曾经拥有韩诺的爱。

而当眼睛张开来之后，便噙满了泪。

忽然，她就看见了他。

是的，韩诺也在，他已成为老板，他在她临终之日来看她，并且，让她也看得见他。

"韩诺……"她以微弱的声线低呼。

老板慢慢由房间的角落走近她的床边，他捉住了她悬在半空抖震的手。

吕韵音的眼泪，一颗一颗斜斜地沿着脸庞淌下来，她没料到，还是终于等到他回来。

她一直相信他没有死，她一直等待，她知道，有天他们会重逢。

"你回来了……"她哽咽着说。说过后，她深深地吸了一口气，再见他英俊而年轻的脸，刹那间教她以为所有青春都回来了，连她，也只不过是那年轻的韩诺的妻子。

他这样回答："我一直没有离开过。"

她似懂非懂，但还是这样回答他："我知道。"

老板对吕韵音说："你知道吗？我用我的离去，交换给你一生的幸福。但为什么你一次又一次拒绝那些可以给你幸福的人？"

吕韵音听罢，脸上有一抹笑意。她说："因为，我已经有我一生的幸福。"

老板听不明白，他望着吕韵音。

吕韵音说下去："怀念你一生，就是我一生的幸福。"

老板默然，他猜想不到，她会这样演绎她的幸福。她要的幸福，是孤单的、无声的、冗长的、伤感的……令他内疚的。

"对不起。"他说。

她微弱地告诉他："没什么对不起，这一生，我都拥有着你。"

"韵音。"他用力握紧她的手。

"该是我说，谢谢你。"她凝视他的脸，这张她深深爱了一生一世的脸，"你就是我的幸福。"

然后，他看到，她把眼睛轻轻地合上，而那被皱纹埋葬的嘴唇，泛起一个朦胧而幻美的笑容，那笑容，美得连灵魂也带不走。

她断了气。

老板看着这个笑容，他有一万个不明白。

为什么，她对他的爱可以如此丰盛？

丰盛得，抵抗了命运的安排；丰盛得，令心意贯穿一生也不为所动。

是一种无人能打碎的坚强，她对他的爱情，坚强得叫人吃惊。

今天，他无爱欲，而且，不再理解爱情。他皱住眉，放开她的手，用目光留住她最后的一抹笑容；然后，他拿走了那张放在床边的照片。

吕韵音走了，她走到一个他永远不能跟着去的角落。

五十年了，吕韵音已死了五十年，老板心目中不能保留对吕韵音的爱慕，然而，他亦不能抹走吕韵音留下来那沉重而坚强的爱的阴影。他从没见过，比这更坚强的爱。

究竟，爱，是否存活中最大的意义？

当然，他典当自己的爱情，除了换取吕韵音的幸福之外，更是为了令自己不用在长生不老的岁月中永恒惦念住一个人。他以为，他放走了爱情，他的存活日子会比较不那么痛苦；然而，到了今时今日，他才又意识到，无爱情的永恒，好空洞好空洞。

当初，若然没送走爱情，就算吕韵音与他分隔天共地，他仍然可以用惦念联系千生千世，一直想念住她，一直收她在心坎，就如她默默惦念了他一生那样。现在，没有惦念的苦，也就同时候失去存活的真实感。

她得着的幸福，他得不着。

原来一切都虚幻，除了，用爱来填补。

这样过了五十年，老板时不时回想起吕韵音临终时的笑容，他也禁不住反复思量起爱情，五十年来，他都在暗暗惊异爱情的力量。

当他苦心制造出一个又一个小提琴胚胎，最终结局却又只是敲碎它们时；当他拉奏一首又一首小提琴乐曲，然而只有音没有神时……他便明白，他究竟缺少了些什么。

一天，第8号当铺来了一名客人，是一名少女，芳龄十四，她预早一星期前已预约。

正如其他客人，她对这当铺的认识，来自一个又一个的故事，辗转相传，听入心坎，然后，诱惑缠绕心间，最后的定断是，不可不试。

少女的名字是孙卓，就读初中二年级，长得高雅清秀，而且很懂事哩！是那种永远坐姿端正，眼神清明，功课一等一优秀的初中女学生。

孙卓有一个特别的才能，她对音乐自小显得很有天分，最擅长的乐器是小提琴，每天苦练琴技的她，愿望是终此一生与小提琴为伍。

她没有一般少女的怀春梦想，很少想及拍拖的事，也不喜欢那些得意趣致小文具，亦不喜爱青年人爱玩的玩意。过山车、溜冰场、酒吧、电子游戏，她无一喜爱。

最爱，是抱住小提琴拉奏，每天练习，无时无刻不在想着如何使自己的技术更进一步。无琴在怀时，便凭空架起拉奏的姿态，把音符由心间浮起，幻想着音乐由指头间拉奏出来，合上眼，便能陶醉其中。

拉奏小提琴，是一件很认真的事，孙卓对小提琴很有梦想，这会是她的兴趣、职业、名利和生命。

她已经不能满足于在学校表演的荣耀，她渴望的是站在外国的演奏厅中拉奏小提琴。而她的小提琴老师亦表示，孙卓的水平近乎国际水平；然而，老师又说："还是差了一点点。"

孙卓用了一个晚上检讨，她明白，无论技巧上、感情掌握上、风采上，她都有所亏欠，这教她很不安乐。

当年莫扎特七岁便震惊欧洲哩！孙卓知道，她距离真正国际水平，还差了很远。

她学习小提琴的小型音乐学院每年都派学生到外地参加比赛，但一次也没选中孙卓，她知道，皆因她是有所欠缺的，所以她未入流。

一直，都在疑惑与不甘心之间徘徊，直到，她听了这样一个故事。

音乐学院曾经出过一名蜚声国际的钢琴家，于这家小型音乐学院来说，这实在是一件大事。闻说，这名钢琴家一直琴艺平平，只是，一天当他突然哑了之后，琴技突飞猛进，还赢得多项重要赛事大奖。卒之，他扬名国际，成就非凡。

说故事的人补充："他之所以有日后成就，全因为他以自己的语言能力交换。他在临死之前向他的徒弟表示，别妄想可以超越他的能力和成就，因为，他的一切，都是交换回来的。"

孙卓好奇了，她问："去哪里交换？"

那人回答："好像是一间当铺。"

"当铺。"孙卓惊奇起来，一个人一生的成就，居然可以从一间当铺中换取。

虽然听上去很有点荒谬，但她还是认真地调查起来。为了她的小提琴，她不介意尝试所有她知道的方法。

她走到旧式的当铺中，她把一向佩戴的时款手表呈上，看铺的人一看，便说："五十块钱！"

她随即发问："这儿除了当表之外，还可不可以典当一些别的东西……譬如……我典当我的声线？"

看铺的人不明白，然后他判定，这名少女是白撞①的。"过主！过主！"他赶她走。

孙卓走到第二间当铺，依循同一个模式试探，同样被赶走。第三间如是，第四间如是……

---

① 粤地方言，意指行窃者利用人们白天防备不足而入屋行窃，有"严拿白押撞"之语。

直至第六间当铺，孙卓得到了她的回音。

她说："请看看我的手表值多少钱。"

当铺的人说："告诉我……"他以闪烁的眼神望着少女，"你要典当的会是这一些随手可得的东西吗？"

孙卓心神一怔，抬头望着跟前的人，那人在柜位后有着神秘得似幻海奇情的气质。孙卓面露笑容说："是的，我有价值连城的东西要典当，难道此处便是我达成愿望的地方？"

柜位后的人缓缓地说："我没本事做那当铺的主人，我只负责引介。"

孙卓问："那究竟是个怎样的地方？"

那人便回答："那是第 8 号当铺。"他递给她一张地图，"不难找，只要有心。"

孙卓飞快地望了地图一眼，满怀感激地抬头望向那人："感谢你。"

那人没答话。而孙卓感受到，一道黑色的磁场仿佛涌起，一点一点地笼罩住柜位之内。她说了感谢，那人似乎不打算回谢。

那人只是说："你去找寻你的命运吧！"

孙卓正要转身离去，忽然，她问了一个问题："请问……这一切都是真的吗……这种事，不是太神奇了吗……"

回答她的是这一句："奥秘，不是你与我可以明白。而有些能力，超越了人类的极限。"

孙卓似懂非懂。柜位后的人，在黑色磁场中退出。

孙卓离开了这家外形传统，但气氛诡异的当铺。一踏在阳光之处，她才惊觉，原来一身是冷冷的汗。

手上的那张地图，是真实的哩……第 8 号当铺……

那天晚上，处事认真的孙卓致电地图上的电话预约。

"请问，这里是不是第 8 号当铺？"

"是的，"一把悦耳的女声说，"有什么可以帮忙？"

"我想来典当……"她想了想，说，"典当一些东西……"

"好的，"女声说，"让我看看我们老板的时间表……一星期后的晚上九时……你是小女孩吧……九时会不会太晚？"

孙卓说："不！不会太晚。而且，我不是小孩。"

女声笑起来："哈哈哈！那么，请赐尊姓名。"

"孙卓。"她报出自己的名字。

"好的，孙小姐，我们恭候大驾光临。"

"谢谢你。"孙卓礼貌地道谢，继而挂上电话。嗯，过程轻易而方便，服务也很够友善亲切。

下星期，孙卓知道，她即将改写自己的命运。

刚接过电话的这个晚上，阿精一如往常记下预约的时间与姓名，却出奇地，执笔的手不听使唤，一大摊的墨水弄花了预约客人的名字。

"孙卓……"阿精低叫。

在急忙抹掉墨汁的一刹那，她忽然隐隐觉得有点不妥当。

是谁会叫她的手也震起来？

是老板教她执笔的，被老板紧握过的手该是无比的坚定稳固，缘何蓦地，不由自主地抖震。阿精心虚，表情带点迷惘。

孙卓沿着地图上的指示找寻第 8 号当铺，她得到的指示是，先乘搭一辆驶向郊外的巴士，到了近总站之前的两个站下车，那里有一个路牌，再沿路牌旁的小路走五分钟，走到尽头便是了。

"好容易哩……"她在心里头想道，这个地方意念神秘，找寻途径却容易得很，真有点意外。

心里头完全没有惧怕与犹豫，她要求一个大成就，以某些东西来交换，只觉顺理成章。她亦不认为这个交换之处有什么可疑，只要成就临近身边，到手了，一切就最真确无误。

十四岁时定下的志愿，就在十四岁实行吧！

未几，眼前便出现了一道大铁闸，她伸手推开来，一进内，风便刮起，树叶翻滚旋动。是在这一刻，因着这气氛，她才在心中寒了一寒。

她站定，吸一口气，继续往前行。

在巨型豪宅的大门前，她本想伸手拍门，木门却自动开启，她步进门内，感受到的是一种华丽的舒适。白色的布置，令她有亲切感，大堂位置，还有一大盆水仙花哩！她走近去，吸了一口水仙花香气，然后抬头打量天花板，那起码三层楼以上高度的天花板，绘上了花卉图案。

孙卓立刻断定，这是一个舒适的地方，"像六星级酒店哩！"

站在水仙花前的她，也像一切的客人那样，自动自觉地往右走，大家都没来过，可是，那右边的走廊上的第三间房，仿佛有着催眠的能力，发出了无声的指引，把心中有愿望的人，带领到那房间去。

她停下来，房门便打开了。从渐渐开启的大门中，她首先看见一列的书籍，然后是一张很长很长的书台，再之后，是书台后的两个人，一个男人坐在书台后的椅子上，一个女人站在男人的身边。

她微笑了，这就是她要见的人。

从幽暗的走廊中，她步进较光亮的房间内，她愈走愈近，愈来愈接近眼前的一男一女。

她的脸一直是微笑的，而看着她步进的一男一女，本来也神态自若……可是，当少女的脸孔清楚呈现在他们眼前之后，老板与阿精，都有那数秒的愕然。

太像，太像一个人。

老板凝视着这张脸，恍如隔世，一下子，便可以返回百多年前英国的火车站之上……

阿精看着这张脸，唇微张，下意识地，她把目光扫向老板，她发现，老板有一个凝神而错愕的神色。

只看过那张泛黄的照片一眼，阿精便一直记着，那个老板身边的女人。她的五官她的神情她的气质，是一个消失不了的印象。

阿精当下心一沉。

这名少女，有一张与吕韵音一模一样的脸。

老板看着，就这样心酸。

三个人之中，少女的魂魄最齐全，她见二人都不说话，便自我介绍起来："你们好，我叫孙卓，预约在九时。"

阿精回过神来，她说话："孙小姐，我们很高兴认识你。"

孙卓立刻咧嘴微笑，那笑容顺和乖巧。

阿精介绍老板："这是我们的老板，他会决定我们的交易是否可行。"

老板的目光仍然停留在孙卓的脸上，他简直不相信，人有相似的奥妙。

他清了清喉咙，然后说："孙小姐，你有什么需要我们的帮忙？"

孙卓回答："我要成就。"说得干净利落。

老板与阿精的心中反应是：人小志不小。老板问她："是一个怎样的成就？"

孙卓也就回答了："我要做世界上最高技巧、最有名气、最令人景仰的小提琴家！"

老板与阿精在心底中"啊"了一声。阿精的脸色一变，而老板，由心中涌出笑意。不独脸孔熟悉，她想要的，也令他感觉亲切。

孙卓问："你们可以帮我吗？成就可以换取的吗？"

老板便说："成就可以从努力与学习中换取。"

孙卓却说："我已经很努力了……但各方面，我还是差太远……"说着说着，她有点不好意思起来，"或许，是欠缺了一流的天分。"

看着她，老板很有点兴致，他问："告诉我，你喜欢的小提琴作品。"

孙卓笑着回答："Mendelssohn[1]的作品，用来拉奏小提琴是一流的。"

老板想了想："的确是。"

"另外，Sarasate. P.[2]的《安达路之罗曼史》也是不错的选择。"孙卓又说。

老板点了点头："肖邦的作品，也很适合小提琴演奏。"

孙卓同意，"Strauss J.[3]的作品亦然。"

他俩交换着小提琴音乐的知识，阿精站在一旁，不是味儿，完完全全，搭不上嘴。她又不敢打乱他们的对话，只好仔细研究他们交谈的神情，以及努力按住一颗妒忌的心。

是的，孙卓坐到老板跟前不够五分钟，阿精已开始妒忌。

---

[1] 门德尔松，德国著名作曲家。
[2] 萨拉萨蒂，西班牙小提琴家、作曲家。
[3] 约翰·施特劳斯，奥地利作曲家、指挥家。

老板又问："你自小已酷爱小提琴？"

孙卓回答："我四岁开始学琴，而一碰那琴，便今生今世不想离开。"

老板也有同感，只是，孙卓比他的热爱还高了许多倍。

孙卓又说："既然它就是我的生命，我便想把它做到最好。"

老板点点头，"但你打算用什么来换取人生的成就？"

孙卓清了清声音，愉快地回答："我打算用我一生的爱情。"

老板望进她清明的眼睛内，不期然的，他便看见他自己。

"不。"他拒绝。

阿精望着老板的脸，她有不祥的预感。老板反对客人的典当之物不是奇事，然而今次……只不过是爱情。用一生的爱情换取一生的成就，合理不过。

孙卓告诉老板："我想得很清楚了。"

老板说："你想得未够清楚。你不会明白，失去一生的爱情，究竟是件怎样的事。"

孙卓不以为然，"我无兴趣要爱情，当其他同学渴望拍拖时，我只希望可以参加外国的音乐比赛。"

老板尝试说服她："你试想想，不要名成利就，只当个称职的小提琴手，不是更好吗？"

孙卓望着老板，听罢他的说话，她也就忽然激动起来，"太多人这样告诉我了！难道我不会知道我要的是什么！当个二流小提琴手？为什么我只能屈居二流？你是看小我的话，就别假仁假义帮我！"

孙卓说得上身前倾，双手抓住椅垫，而且目露凶光。

老板与阿精立刻明白，这件事对她来说是何等重要。而且，她也不是一般少女，她要的东西，一定要得到。

阿精说："别动气，老板不是不帮你。"她上前去轻抚孙卓的肩膊，孙卓的面色便随即缓和起来，"对不起。"暴躁的少女致歉了。

老板有个提议："让我听你奏一曲。"

阿精听见老板的话，便走出书房，吩咐下人拿小提琴进来。未几，一具小提琴送来了，交到孙卓的手上。

她抚摸琴身，望了望老板，然后站起来，开始演奏她的音乐。

小提琴架到她的肩膊上，弓一拉，便有种合二为一的气势，神情专注，而且志在必得。那种掌握音乐的自信，从每一下的拉奏动作以及偶然的身体摆动中显示出来。当小提琴被演奏时，她便是强者。

技巧倒是有改进的余地，老板知道，孙卓需要一名超卓的老师指点，她要到最著名的学院，与最优秀的同伴一起，她的前途才有保障。现阶段的她，的确不可能令她达成她心目中的理想。

一曲奏罢，老板仍然不语。

"怎么样？"孙卓问，"你不答应我？"

老板说："用爱情来换取成就，有天你会后悔。"

孙卓忽然冷笑，十四岁的脸孔上是一阵阴霾，"你这种迂腐的人，会明白一个人的幸福吗？"

幸福。老板望着她冷冷的脸，心中加强了注意力。他对这名词，非常敏感。

幸福，是令人迷惘的两个字。

孙卓说下去："幸福不一定是爱情如意、有爱自己的伴侣，亦不一定是有子有女，儿孙满堂。幸福是个人理想。如果一个人的愿望就是爱情上的幸福，你给了他，他便很幸福。然而若果他的幸福是他的成就，你来硬分给他一些爱情，但又冲淡了他的成就，那样，他一点也不会幸福。"

结尾之时，她还加多一句："看你做了这些年的人，这种道理你还不明白？"

说完后，她的脸上隐约有种胜利感。

阿精说："说得好！我有同感。幸福就是这样一回事。"

得到阿精的支援，孙卓投以一个"你是我的朋友"的亲切眼神。

老板只是说："你明天再来一次。"

"为什么？"

"我今天不能决定。"他说。

孙卓望了望阿精，阿精神情也无奈，她明白，话事的始终是老板。

只好告辞了。临行前，她对老板说："别以为替我着想便是帮助我，没有这样的事。"

老板微微一笑，他送客。

孙卓离开后，另有两名客人来临，老板与阿精都公事公办地招待他们。然后一整夜，大家都没提起孙卓这个人。

各自返回自己的行宫后，原本还是若无其事的阿精立刻安下心神，合上眼试图找寻孙卓的历史、过去、身份，她亦尝试观看她的将来；然而，她的预知能力没让她探测得到任何事情，这个女孩子，超越了她的探测轨迹。

有一些人，阿精是没有任何办法。她愈着紧要追寻的人，便愈追寻不到。

当要放弃的时候，她便彷徨起来。那女孩子究竟是谁？她有那么一张脸，她与老板有相同的兴趣，她叫阿精查不出底蕴。

阿精鼓着气，放不下心。

她更想不到的是，老板在他的行宫，同一个时候，也在追查孙卓的过往。

他合上眼，面向着星光。而他，找得到。

孙卓的孩童时代、孙卓的学生生活，一段一段活现他的脑海；然后他看到孙卓的家人，继而他追索孙卓未出生之前的时光，像一出剪辑得零碎的电影片头，他一边看一边赶快分析、记忆，然后，合上眼睛的他微笑起来，他已得到他想要的资料。

　　当眼睛张开来之后，所有影像全然退去，一秒间收回一个凡人追寻不到的角落，这角落，只留待异人才可以开启。

　　然后，老板决定，他让孙卓得到她所需。老板知道，他无可能不帮助她。她要怎样的幸福，他也会送给她。

　　他会给她世上所有一切，因为，他看得见，生命的永恒意义。

　　孙卓，对他来说，是重要的。

　　翌晚，孙卓再次前来。

　　她问："你们考虑好了？"

　　老板告诉她："你要的，我给你；你不要的，我收起。"

　　孙卓称赞道："你们做得好。"

　　"我希望你日后一生都满意。"老板说。

　　"谢谢你。"她说，"不过，先小人后君子。在今天之后，我首先会得到什么？"

　　老板告诉她："你会对琴技有高了一倍的掌握。"

　　孙卓双眼发亮了，"然后，我便会被挑选参加比赛！"

　　老板点点头。

　　孙卓兴致勃勃地说下去："继而赢了比赛，得到奖学金，可以去一流的音乐学院学习！说不定，还会有唱片公司看中，替我出版唱片！"

　　老板看着她的神情，也替她高兴起来，为着她的快乐，他知道，一切都值得。

阿精一直留意住他们，也一直找机会插入话题，怎样，也要说一两句。

"成交了。"她说，有一副从容表情。

孙卓笑起来，"感激大家。"

然后，老板拿出同意书，向孙卓简述一遍，孙卓签了字，老板便在她跟前做了一个催眠的手势。刹那间，孙卓跌进了一个无重的状态中，四周充溢了粉红色的温柔的光，不期然地，她感受到幸福。

仿佛听到万千的掌声，领略到崇高的荣耀，得到世人的景仰与膜拜……她迷醉在光彩的成就中，怎样也不肯离开。

这是一个了不起的好梦哩！这个梦把她在未来数十年将会得到的光辉浓缩成幸福的一小段，令她在交换出爱情之时，不能有任何后悔。

是的，老板把左手放到她的脸庞边，她就像依偎一个爱人那样靠到他的掌心内，她有迷人而陶醉的表情。爱情，不知不觉，一点一滴传送到老板的手内，入肉入骨，她的爱情，都交给了跟前这个男人。

不后悔不后悔，她以她的定义，来界定了她的幸福。

醒来之时，就在她的睡房之中，典型中上家庭的独生女儿的睡房，粉红色、粉蓝色，配上很多的布玩偶。然而，她将来的一生，会与其他女孩子很不相同。

老板接收了她的爱情，理应交给阿精保管，但这一次，他说："她的爱情不要放到木架上，由我亲自看管。"

阿精想问为什么，但又问不出口。只得眼巴巴看着老板史无前例，珍而重之地把客人的典当物带走。

孙卓的爱情，从此锁在老板的掌心之内，与他的血肉同体。把一个人的爱情，收藏在自己的血肉中，没有任何事，比这更深入与浪漫。

从此，她的爱情，便与他合二为一。

阿精看着老板悠悠然返回他的行宫，她只觉，自己的一颗心就这样被挖空。既痛苦，又空洞。

这是一件不明不白的恐怖事件，她与老板的生活中无端端闯入了一名少女。少女放弃的爱情，他却如获至宝地收起。将来，究竟会发生什么事？

阿精双手掩脸，从来，也未曾如此不安过。

孙卓典当了爱情之后，她感受不到损失，只是一心一意地等待她的成就。

在一次音乐学院的小型甄别试中，她的老师便发现她的技巧突飞猛进。这是连孙卓自己也察觉的转变，弓子上的控制、揉音、音律的准确及节奏的掌握，组成了一个完美的组合。

虽然说是最基本的技巧，但掌握得毫无瑕疵就是极其困难的一回事。老师望着孙卓，惊觉她的高水平。

"就如一级的大师。"老师说这赞赏话时，脸上神情肃穆，不敢掉以轻心。

孙卓只以一个得体的微笑回应之。

后来，音乐学院便派她前往维也纳参加小提琴演奏比赛，当下，便技惊四座。

得到冠军的孙卓获得的评语是："小提琴天才！技巧成熟得媲美 Heifetz！"

海菲兹（Heifetz）是二十世纪最伟大的小提琴家之一，被誉为"圣僧"。

孙卓得到这个评语，十分心满意足。

她一直淡定从容哩，连到酒店找上门的维也纳音乐学院负责人，与唱片公司高层，她都处变不惊地接待，气度犹如见惯名利的成年人。

大人们面对着她，也只好谦逊谦逊。

她问学院的负责人："你们会如何栽培我？"

人家恭恭敬敬地回答："我们会视你为一级的天才音乐家般看待。"

"但我要在贵学府攻读多少年呢？"她问。

"一般来说，要五年。"

孙卓随即陷入思考之中。五年……她想，五年后也十九岁了，十九岁才去追寻名利，会不会太迟？

成名要趁早啊！既然她付出高昂代价，她要求的，便要更多。

后来，她又接见唱片公司的高层，她问那个人："你们会怎样栽培我？"

那人便回答："我们会以一级红星的目标来捧红你。"

"谁是一级红星？"她问。

"像 Carl Flesch[1]，像 Heifetz。"这两位都是小提琴家中的殿堂级人物，"琴王"与"圣僧"。

孙卓想了想。"不。"她说。

对方便紧张起来："孙小姐有什么要求？"

孙卓说："我要似 Madonna 与 Maria Callas[2]的混合体。"

"似她们？"唱片公司高层反问。

"是的。"孙卓说："我希望似 Maria Callas，在乐坛中成绩斐然，神赐予她完美的声线，再广的音域也难不倒她，她把属于一小众的歌剧演唱普及化和明星化，而她本身的荣华生活，更是不用多说了。艺术家如此富有与光彩，她也算难得。

"而 Madonna，我希望似她，做一个真正的天王巨星！单单雄霸古典音乐界，会不会太单薄？可以的话，我两个乐坛都要。流行的、古典的。"

唱片公司高层客气地告诉她："志向高，是好事……"

孙卓看穿了跟前的人所想，"我一定会做得到，别看小我！

---

[1] 卡尔·弗莱什，匈牙利小提琴家。
[2] 麦当娜，美国流行女歌手。
　　玛利亚·卡拉斯，美国女高音歌唱家，二十世纪最伟大的歌剧女王。

如果你不信任我，我亦不会信任你，这是我的前途。"

　　唱片公司高层当下说了一些门面话。她听进耳里，心里有数。今时，不同往日，实在无需要再处于下风，觉得这人不合意，便把大家赚大钱的机会留给一个真正惬意的合作伙伴。

　　听着这人继续絮絮不休，不期然的，孙卓有那嗤之以鼻的神色。

　　那人看见了，不独不觉这小女孩无礼貌，反而为着讨不了她的欢心而汗颜。

　　后来，孙卓便送走了客人。那关门的动作多利落，以后，还有十打八打这种人要送走。

　　回去出生地之前，孙卓为维也纳的报章做了个访问，临上机前刚巧买得到访问刊出的这份报纸。她看着黑白照片中的自己，双眼有神，笑容甜美得来自信，抱住小提琴的姿势具使命感，看着看着，自己也入迷起来。微笑中的她决定，她要爱自己更多，因为，自己，好值得。

　　好好收起这一张访问，一切，就由这里开始。

　　果然，一如所料，世界上出现了一名小提琴圣手的消息传开去，孙卓得到了很多的重视。世界各地的音乐学院颁给她奖学金，邀请她入读，唱片公司隆而重之地拜访她，请求她签约。

　　最后，孙卓选择了纽约的茱莉亚音乐学院，为的是基地在纽约。她的盘算是，深造与发展事业最好是可以一起进行，纽约会是一个培养流行艺术家的好地方。

收拾行李的一刹那，她又忽然发觉，她得到的不独是成就，而且还有智慧。

抑或，智慧只是天然地来自良好的际遇？于是，她每个决定也可以深思熟虑、从容无误？当选择权尽在自己手里之时，人便有智慧，不会乱来，最淡定清醒。

真的真的，十分十分满意自己。

临上机前的一晚，她抱住小提琴，心满意足地做了一个好梦。

孙卓的父母还担心她会照顾不到自己，在机场中依依道别，父母轮流说着："小心那边的人，听说人很坏！""洋鬼子欺侮你，你便不要再留下去，回来父母身边。""一有不开心，便随时致电回家！"

她安慰她的父母，说："你们放心好了，世界上，再没有任何事情把我难倒。"

父母觉得她少不更事，只有她才知道，她的自信来得很有理由。

在音乐天才满布的茱莉亚音乐学院，孙卓的成绩亦是一流的，教授们经过三个月的观察，下了这一道评语："甚至是史上最好的！"

孙卓得到足以傲世的才华，却还是每天勤力地练习，她享受完美地掌握技巧的乐趣，这使她自觉，她是天下无敌的。

每拉一次弓，每奏出一粒音符，都恍如拥有最强大而神秘的力量，这力量直通天与地，直接联系宇宙最深邃的角落。也只有这些无形无相的境地，才会有了解这力量的心灵，这些心灵明白，融入万籁的声音，究竟因何而来。

超越了人类能创造出的音律，与宇宙间最神秘的一点连接，就连神祇，也快要被这音律打动，意欲与创造音律的人沟通。

孙卓的小提琴，拉奏出魔法，牵动了苍穹中最隐藏的美。

因为这魔力，她迅速成为学院中的传奇，要命的是，她又比一般的少女要美丽，这样的组合，构成了一个神的形象，只要她走过，身边的人就有膜拜的冲动。

这是偶像最初期的模式。

当然，也有暗恋者，而且数目众多。每当一提起孙卓，指挥的、弹琴的、吹笛子的……一一心动起来，美丽的少女和至美的琴音，是爱情与梦的化身。

孙卓也如她一直对自己的理解，无论接触多少双爱恋的眼睛，无论拆开多少封情信，她的内心，也牵动不了半分。他们只是她魔力的膜拜者。

只消半年时间，学院便安排她参与顶尖乐团的演出，她的演奏，已有足够资格与莫斯科交响乐团同场演出，她是独奏者，其他一众乐团成员，演奏出陪衬她的音韵。

在排练之时，已技惊四座。这个被誉为世界上最严谨的乐团，也为了孙卓可以随时进入状态而啧啧称奇，无论何时，只要她的弓放到弦上，天籁便倾巢而出。

她没说话，没笑容，只一心一意望住台下数千个仍然悬空的座位，她等待翌日晚上，数千名观众的拍掌声，她盼望她将要得到的荣耀。

就在这排练的中段，她坐下来稍事休息时，偶尔抬头，便瞥见楼上最尾厢座中，有一名男人转身离开的背影。这背影，像风一样旋动到她的内心。

她心头一暖，有点头绪。

翌日晚上的演出，就如预料的那样，台下的人都被震动在魔法一样的乐韵中，那种充满力量的美丽，直捣心灵之后，便停留在人的脑袋中，沁进了去，融合成为记忆。只要他们愿意想起，这美丽便能浮现，继而重新一次又一次侵袭他们的身与心，缠绕住，恍如一株蔓藤。

被美丽吞食的人们，差一点，便要以眼泪答谢站在台上的少女，后来，他们忍住了眼泪，只以狂热的拍掌以及内心澎湃的感动来回应她。当全晚演奏完毕之后，全场所有观众，立刻站起来以掌声向她致敬。

是在这一刻，她才肯笑，她为自己的美好表现而微笑；她为别人的高度认同而微笑。如愿以偿。

回到后台时，早已云集的知名人士、政坛代表、官绅名人一律来与她祝贺，说着一些她未必听得懂的德语、法语、俄语，但无论她能听懂不能听懂，她都对他们的说话无可置疑，因为，全都是盛赞她的话语。

　　到返回自己的休息室，她笑着舒出一口气，而就在镜里，她看到一个她预料会出现的人。

　　她叫唤他："老板。"

　　老板一身的礼服，他祝贺她："水平高超。"

　　她轻轻地说："是如有神助。"

　　老板问她："你可是满足了？"

　　孙卓回答："你说呢？"

　　老板说："你的野心与能力，当然不止于此。"

　　孙卓对能看穿她的人，一向有好感，她没回答，只是微笑。

　　"很快，你便名扬四海。"老板继续告诉她。

　　孙卓问："老板，你一直看顾着我？"

　　老板微笑："你介意？"

　　孙卓摇头："就像我的守护神。"

　　"好不好？"老板问。

　　"求之不得。"她回答。然后她又问："你对每一名客人也如此体贴？"

　　老板想了想，然后摇头。

　　孙卓望着他，笑了笑，问："你对我好奇？"

　　老板只是笑。望了望她的眼睛，又望了望她这休息间四周。

孙卓这样说："如果不是典当了爱情，我一定会爱上你。"

老板回答她："你后悔典当了你的爱情？"

她忽然大笑："哈哈哈！这简直是天大的诅咒！"

"你放心吧。"老板只能这样回答她。

后来，有人敲门请求孙卓做访问，老板便告辞了。他离开了音乐厅，心情，便有点复杂。成就初来，她当然满心欢喜，但日后呢？他可以看顾她到何年何月？

她真是不会为她的决定而后悔？

他看了看他的左手，内里有她的爱情。一切，还是未知。

回到行宫，阿精便找着他："老板，今天晚上有一名很特别的客人。"

他问："是谁？"

"上面派来的使者。"阿精说。

老板问："他来典当些什么？"

"约匙。"阿精回答。

老板说："约匙？"

阿精点点头："我也不敢相信。"

老板说："那么今晚就接见他。"

老板转身，阿精便问："她怎样了？"

老板把脸转过来："她？"

阿精说得清楚一点："孙卓她好吗？"

老板想了想，便这样回答："孙卓，长高了，成熟了。"

阿精一脸开怀："这很好哇！"

老板没留意阿精开怀表情背后的故意，他更没留意阿精非常在意他每次探望孙卓这回事。

他把孙卓的爱情收在手心，他贴身跟进孙卓的成名道路。阿精看在眼里，心里一天比一天苦涩，女性的直觉让她知道，这名少女的重要性，比她高。

孙卓知道老板来了当她这次表演的观众，她不知道的是，老板甚至出席了上次在维也纳的比赛，只是，老板没让孙卓知道。

孙卓不知，但阿精知。知道后，也就很不快乐。

晚上，那名自称拿约匙来典当的人出现。

当他一踏进第 8 号当铺，老板与阿精在书房内，一同感受到一股异样的温柔，恰如躺在一床羽毛当中般温柔，是轻软的、浮游的、不着地的、自由的、无忧的。

纵然这个人是一名背叛者，他也浑身散发出这种血肉之躯不可能接触的轻软美丽，是邪恶世界中，要学也学不到的美好。

邪恶的力量，惯以虚假的美好迷惑众生，老板与阿精最明白个中意境。这豪华的当铺，老板与阿精的长生不老，以物易物的愿望交换，何尝不是一种慰藉人心的温柔？只是，当那真正属于温柔的人步进来之后，老板与阿精也就明白了，另一个空间的，质量果然出众许多。

书房的门被推开，老板与阿精引颈以待。

进来的是一名西洋男子，真是意外，他看来已届中年，样子老实，而且头微秃。

阿精的眼睛左探探右看看，她看不见他有翅膀。

忍不住，她说："真是闻名不如见面。"

男人说话："我也是一样，对贵宝号的大名，闻名已久。"

果然，是天上来的。他一说话，室内便一片芬芳，宛如初夏的茉莉花那淡而甜的香气。

阿精禁不住，松弛了脸上表情，贪婪地深呼吸。

不需要翅膀了，带动而来的温柔与芬芳，已足够证明，他不是世俗的凡人。

老板说话："路途可辛苦？"

男人回答："尚可，在人世间不难找寻，只是，要避开某些规条。"

"什么规条？"阿精问。

"工作与作息时间，我们都有人监管，不在工作的时候与你们接触，还可以避开一些耳目。"

老板说："谢谢你信任我们。"

男人说："我也有我的愿望。"

"那是什么？"老板问。

男人说："我希望死神不要带走一名小女孩的生命。"

老板呢喃："死神……"

阿精说："那是你看顾的小女孩？"

他说："是的，我就是她的守护神。"

"你喜欢她？"阿精问。

他回答："我怜悯她。我看着她出生，她带给她的家庭莫大的快乐与希望，然而，死神却决定，在死亡人数中加上她的名字。我讨厌死神的做法，他只是为了填补数量而取去她的生命。"

阿精问下去："小女孩的状态怎样？"

他说："她一直病，似是癌症，似是过早衰老症，总之，死神在她身上久不久便施下痛苦，她生存下来了，却从不会欢笑。"

老板说话："死神，我们要与他对话，这可不是办得成的事。"

男人坚持："我知你们与死神有联系。"

老板照直说："我们没有接触。"

男人忽然这样告诉老板与阿精："我明白你们的顾虑，你们也无理由相信我，但我可以带你们看，我答应你们的东西。"

阿精非常兴奋："好！好！我去看！"

"就现在吧！"男人提议。

"好！"阿精望向老板，"我去看典当物！"

老板皱住的眉毛放轻了一阵子，他点下头。

于是阿精便准备与男人出门。

她问："约匙在哪里呢？"

男人回答："以色列。"

"那我们起行吧！"她说。

只见她与男人走出书房，接着推开大门，门一开，仍然在第8号当铺的大宅范围中，他们已看见，黄色的山与砂，以色列的人民就在当铺大闸外走动。只要走出那大闸，便是以色列。

阿精与男人，步出大门，走在风中，朝大闸进发。

到达大闸之前，阿精伸手推开闸门之际，心脏就忽上忽下地狂跳。穿越世界各地许多次，没有一次如今次般紧张。

她与男人步出大闸外，当闸门一关，回头一望，当铺已经不见了。

男人告诉她："向前走一小时便到达。"

她点点头，朝身边的人与物探视。都已是现代人了，现代化的城市，理应减低了那种被眷顾的神圣，但阿精还是觉得这里比起世界各地，是有那么一种不相同。

百多年来，她都没有来过以色列，她知道，这里不是老板与她来的地方。

一直走着，走过人群走过街道，摩肩接踵，阿精心里头，就这样涌上了感动。身边的男男女女，可会在死后走进那永恒美好的国度？她与老板，永永远远没这样的福分。

她知道她的将来会如何走，无了期地接见一个又一个客人，时不时到美食集中地吃东西，观察老板的眉头眼额……

然后，渴望老板会有天爱上她。

想到这里，阿精便隐约心中有忧愁。从前她是等不到，今天，更不会等到吧！自从那少女小提琴家出现了之后，老板的心内，就有了她的位置。

为什么会这样？面对面百多年的人，他视而不见，出现了片刻的，他却无比关注。

难道，这便是爱情？

身为女人，阿精并不擅长爱情。为人时没爱过，做了当铺负责人之后，她爱上了的又没反应。单向的爱情，算不算是爱情？

忽然，男人说话："要不要尝一口枣，我猜你没尝过。"

阿精定了定神，"是这里的特产？"

男人说："连耶稣也吃哩！"

阿精便说："那么，一定要试！"

她伸手接过了男人手上的枣，而男人向送枣的小贩道谢。

这种果物，带着厚重的甜，说不上人间极品，然而含在嘴里以后，阿精便舍不得吞下去，让那甜香沁入她的味蕾，她忘我地体会这圣地上连耶稣也尝过的果物。

合上眼，她要自己清晰地记下这种了不起的蜜饯感受。

仿佛，回到百多年前，那连肥肉也是人间极品的苦日子，为了可以吃，她抹屎抹尿，用尽手段；为了吃，她杀了人，跟着老板过日子……

不知不觉间，眼眶便湿润起来。枣含在她的口中，带动了古旧的哀愁，她吸一口气，忍住了，泪才不流下来。

随即垂头，摇了摇。她不要她的客人看见她哭。

终于吞下了枣，"不错。谢谢你。"她对男人说。

然后，两人继续往要走的方向步行，阿精但觉，她踏着二千年前耶稣走过的足迹。

她问："耶稣走过这里吗？"

男人说："可能。"

阿精便神往起来。耶稣走过啊！

一边走着，她又一边问："天堂的日子可好？"

男人说："无忧愁，无痛苦，也无欲望，只有不尽的满足。"

阿精想了想："那可很好。"

男人同意："是的，那的确好。"

阿精问："你若然真的典当了钥匙给我们，你就要脱离天堂了。"

男人回答："我但觉有更重要的事情去做。"

阿精说："你舍得？"

男人忽然问："你又舍得你的老板吗？"

阿精停步，望住他。

男人含笑，没有再说话。阿精只觉得，男人的这一刻，像极了人世间的神父，充满挑战她的权威。

阿精不好意思，却又不肯认输，"别装作预言者。"

男人没理会她，也没继续这话题。

未几，他们走过了城市的边缘，朝大片砂地进发。砂地的两旁，还是有绿色的树木。

阿精说："我从来不是天主教教徒，但你可以告诉我，天主与圣母是在这种地方邂逅的吗？"

男人笑了，"他们在梦中邂逅。"

"梦中？"阿精说，"多浪漫。"

"是由天使传话哩！"男人告诉她。

阿精望了望男人，她也正与天使说话啊。

忽然，也就有种蕴含了的玄机。然而，她又说不上是些什么。

男人指着一个黄色的山头，说："到了！"

阿精双眼发亮，那就是约匙的所在处！

她一步一步行近，那原本平凡的山头，忽然有着一股光辉，她愈走近一步，愈觉得那光辉耀眼，纵然，那可能只是太阳的平常光照。

阿精的表情也一点一点地欢欣起来，她的脚步愈走愈快，也跳脱。每一步的弹跳，换来每一步的快乐，到了最后，她咧嘴欢笑起来。

而她不会知道，这快乐从何而来。

她差不多是跑过去了。

男人跟在后头，他凝视阿精的背影微笑。他看惯了，明白到，她遇上的是什么。想不到，连她也避不过。

已经走在山头前，阿精兴奋得左跳右弹，她指着山说："是在这里吗？就是在这里吗？"

男人微笑，"是。"

然后他行前，走到一条狭窄的通道前，示意阿精与他一同走进去。

阿精跟着男人，闪身走进那条秘道中。她说："这已是秘密吧！"

"是的。"男人承认。

阿精只有在心里头暗叹一声厉害。

秘道中的砂粒极幼细，擦过她皮肤外露的肩膊，却丝毫不觉得有摩擦的痛，感觉反而像被海绵按摩一样舒适。阿精伸手扫了扫那砂墙，赫然发现，那肉眼看上去像砂的物质，真的软如海绵。

一直走着，直至男人回头说："到了。"

阿精向前探望，果然，出现了一个偌大的空间，一间砂墙房间内，没有任何多余的东西，中央处，置有一个朴实无华的大柜。

男人走在柜前，没用上任何崇高的仪式，便把柜打开来，阿精踏前一步，便看见了那约匙。

铜造的约匙，受创世者之命颁下戒律，要人类严明遵守。

阿精忍不住，在这圣神的庄严下目瞪口呆，望着这外表平凡但力量宏大的圣神工具。

而男人，只是若无其事快手快脚地把约匙捧出来，他意图交到阿精手中。

阿精却惶恐地往后退，不肯伸手接过这极珍贵之物，象征创造者与人类约法三章的神圣物件。

男人见她不肯触摸这圣物，便放回原处，"你不要验明正身？"

阿精忽然口吃："不……不用了……不敢冒……犯……"

男人便把圣物安放好。

阿精原地转了个圈，本想努力吸一口气缓和情绪，却发现，这砂室的空气味道怪异，而且，更令她呼吸困难。

"走……我们走……走。"她苦困地提议。

然后男人带领她由原路走出这山中秘道。

再见阳光之时，她才放胆呼出一口气。

出来后，她头也不回地往前跑，一边跑，一边意欲哭泣。

男人追上来，问她："小姐，你没事吧？"

阿精掩住脸，眼泪忍得住，但声音却哽咽了，"为什么你要典当它呢？它是属于全人类的！"

男人说："但我不爱全人类，我只爱我要爱的人。"

就这样，阿精双脚一软，屈曲了，跪到地上去。软弱无力的她，走不动。

她一边掩脸一边摇头：“我不应来看……不应来看……”

是太神圣了，她根本抵受不住。

“我以后该如何？”她喃喃自语，“像我这种人，这样面对面……”

男人蹲到她身边，张开他的手臂，对无助的阿精说：“来，我给你怀抱。”

阿精毫不犹豫地躲进去，这怀抱，有花香的气味。

在怀抱之内，她抖震了数秒，然后，逐渐就平静了。

深呼吸，继而把气吐出来。心神终于安定。

她问：“可否带我去一个地方？”

“请说。”

“哭墙。”她说。

男人于是扶起她，与她一步一步往前走。重新地，她走过黄沙遍野，也走过繁盛的街道，在一群又一群被挑选了的人种身边擦身而过。心中忍住的，是一种情绪的爆发。

终于来到那哭墙，一些人已伏在墙边祷告与抽泣。

阿精见到这墙，便飞扑过去，她把脸贴住墙，眼泪就那样连串连串地落下来，半吊在鼻尖、下巴尖，滚泻不断地、决堤一样地从眼眶流出。

想说的有很多，譬如这些年来的寂寞，这些年来的心绪不宁，这些年来对人类的毫无恻隐之心，这些年来怎么吃也吃不饱的肚子、瓦解不了的欲望……

还有，将来永生永世的寂寞，将来永恒的不安宁，将来要处置的无数手手脚脚、运气、青春、岁月，将来那明明刚填满却仍然好空虚的肚子……

还有还有，过去的爱慕，以及将来的得不到。

都随眼泪哭泣出来，流沁在墙壁之内，化成一种哀求。

那是脱离的哀求。

一百多年来，这一刻是她首次总结归纳她的感受，是在这感受清晰了之后，她才明白，她并不享受她得到的生活。

当中，有太多缺失她填不满，比起生为人的短短十多二十年更为不满足。

眼泪，一流而尽。

阿精回去当铺之后，心头实实的，表情哀恸。

老板问她："怎么了？看到了吗？"

她点点头，回应一声："嗯。"

"是否伟大？"老板问。

阿精望着老板，忽然只觉得答不出。

老板问："发生了什么事？"

阿精含糊地回答："那是不同凡响的。"

老板说："是吗？"

阿精回答："惹得我哭了。"

老板细看她的脸，果然，眼睛肿了点，嘴唇也胀了点。

老板说："这单生意做不成。"

"为什么？"阿精有点愕然。

老板说："是我们这边不接受。"

"是吗？"

老板说下去："他们认为，得到钥匙的效果非同小可，无人想就此世界末日。"

阿精拖长声音说："是——吗———"

老板说："辛苦你了，回去休息吧。"

阿精便步回她的行宫。她真的很累，没有一次外游会如今次这般累，简直像是一次用尽了未来十年的精力般。结果是，她无力再笑，也无力再悲痛。

她陷入了一个连她自己也不熟悉的情绪当中，只觉虚虚脱脱，睡十年也补不回来精力。

老板知道不用再理会这单交易后，便真的放到一边，于他而言，这单交易令他感受不深。到达以色列的不是他。

时间空闲，老板打算探望孙卓，他知道，她刚刚推出了唱片。

那是个空前庞大的商业计划，孙卓推出的是她的小提琴独奏的唱片，但包装成流行女歌星那样，全世界发行及宣传，而且还拍了 MV，全世界的电视上频密广播。

那个 MV 是这样的：孙卓奏着小提琴，在山岗上，在海角天涯上，在海洋中，在沙漠上，在幽谷中，在花丛间，全是极貌美的她，在远镜、近镜中表露出才华与美貌。当世界各地的美景都收在她的音韵中时，仿佛那片天、那片海、那片紫色的花田、那片浩瀚的大漠，都一一臣服了，大自然都在她的音乐中显得卑微。

老板在一次签名活动之后让孙卓看见他，那时候孙卓在会场上的酒店内休息。

她正在点算收到的礼物哩！没一千也有八百份。蓦地，她感觉到背后有人，转头望，她便微笑了："老板！"

老板说："恭喜你！"

她自己也说："很成功哩！我也认为很不错。"

"唱片推出后反响很热烈吧！"老板问她。

孙卓告诉他："预计可以卖上一千万张。"

"天王巨星。"老板说。

孙卓很高兴，笑得花枝乱坠："还不是多亏老板。"

"是你肯拿出宝贵的东西来交换。"

"都是老板肯要。"

"我会看顾住你。"老板说。

"那我便把自己交托给你。"孙卓乖巧地回应。

老板问："有男士追求吗？"

孙卓问："老板不是要我破戒吧！"

老板说："只是关心你。"

孙卓回答："多不胜数，只是，我不会要。老板，我猜你明白我的心意。"

老板点了点头。

孙卓忽然问："老板，你们没收了我的爱情，会不会终归也没收我的灵魂？我死了之后何去何从？"

老板回答她："你的灵魂，如无意外，也会归向我这一边，因为你是交易的一分子。"

"是吗？"她的眼神疑惑了，"那将会痛苦吗？"

老板告诉她："我们都不知道。既然死后无处可去，不如更珍惜现今拥有的东西。"

孙卓哈哈笑："有些人会上天国吧！我无路可走，唯有要求你在我有生之年赐我更多。"

老板答应她："这个肯定。"

未几，老板便离去了，临离开酒店前遇上衣冠楚楚的一队人，他们是电影公司的人，到酒店请求孙卓拍戏。

老板知道孙卓不会拍，但他也高兴她有这样的荣耀。

他告诉自己，他将会赐给她更多。

他依然记得吕韵音临终时的信息，她告诉他，她的幸福不是他想她要的幸福。

他一直尝试明了。现在孙卓要求她个人版本的幸福，他只好依她心愿，一点不漏地送给她。

就当是补偿吕韵音。

自从阿精从以色列回来之后，就一直魂不守舍，每时每刻，心里中空中空的，是一种近乎虚的软弱感。

就连梦中也会记起沙山中的那个密室，以及当中那钥匙。无翅膀的天使继续伴在她身边，他递给她那颗圣人都吃的枣；然后她与一众血肉之躯伏在哭墙之上，各自为自己的哀愁落泪。

这些片段，重复又重复地出现。

为什么会这样？悠悠长的生命，没有任何一段是重复而来，没有旧事会记起。脑中一早像装置了过滤器一样，把不需要记着的东西过滤；要不然，如何才能度过千岁万岁？

但从以色列回来之后，她就变了。

老板只知阿精时常睡，但他不知道，她在经历些什么。老板自己也有事忙，他忙着守护孙卓，也顺便享受孙卓曼妙的琴音。

他甚至带了小提琴，走到孙卓的角落，与孙卓一同拉奏一曲。

他就觉得无上的愉快。

有一晚，一名旧客人光顾。他是三岛，今年，他也是中年人了。第一次光临当铺时，已是二十年前的事。

他一直光顾得非常小心，他典当的，都不外如是，譬如一个最难忘的学生奖状，初恋的部分回忆，一部车，一个职位……换回的是一些金钱，一些发达的机会，一次投注的命中率……

因为典当得小心，所以，他来得好频密。见老板与阿精都没强硬要求他些什么，于是，他一直认为，这个游戏，他可以长玩长有。

没失掉五官、手脚、内脏。非常划算。

三岛也有欠债，也有输股票，但每次得到老板的帮助后，都还得清。而由五年前开始，三岛的事业运直线上升，他收购一些公司，愈做愈大，又在股市上旗开得胜，五年内把握了的机会，令他在他的国度内成为一名最富有、最有权力的人。

过着极风光的日子，接受传媒访问，与政要、皇室人员交朋友……然后一天，当他以为他会一直好运气下去之时，全球性股灾出现，他在数天之内，倾家荡产。

带着如此伤痕，他向老板求助。

三岛未到达之时，老板向阿精提起过此人，他说："有名旧朋友会来探我们。"

阿精精神不振，明明作了预约，她又记不起是谁，"旧朋友？"

"三岛。"老板说，"由一支墨水笔开始与我们交易的人。他大概，会来最后一次。"

阿精唯唯诺诺，但其实没把老板的话放在心上。

晚上，三岛来了。世间的财富最善于改变一个人的气度与容貌。五年前一切如意，他便双眼有神，意气风发；今天，生活没前景了，浑身散发的是，一股令人退避三舍的尸气。

"老板……"三岛走进书房内，一看见老板，语调便显示出他的悲伤与乞求。

"三岛先生，我们有什么可以帮到你？"老板问。

"老板，"三岛说，"我什么也没有了。"

"得失来去无常，请放轻。"老板安慰他。

三岛说："我一个人是生是死不重要，但我的家人要生活，我有年迈的母亲，以及才三岁的儿子。"

老板说："可以帮忙的话，我们义不容辞。"

三岛说："我希望要一笔可观的金钱，保障他们的生活。"然后，他说了一个数目。

老板答应他："无问题。"

三岛的眼睛释放出光亮："感谢老板！"

老板说："但你已没有任何东西可以典当了。"

三岛望着他："那么……"

"只好要你的灵魂。"老板说。

三岛木然片刻，似乎并不太抗拒，"横竖，我的灵魂也污秽不堪。"

"但我们欢迎你。"老板说。

老板向他解释那笔典当灵魂的报酬是如何分配给他的家人，三岛同意了，他又要求三岛签署文件。

最后，老板告诉他："你有什么要说的，请说出来。到适当的一天，这段话或会在微风中、海洋中、睡梦中、静默中传送到你想他知道的人心中。每当海洋一拍岸，他的心头便会摇荡着你的遗言，他会一生一世惦记你。"

听到这样的话语，三岛忍不住悲从中来，泣不成声。

老板望着三岛，他发现，自己也渐渐感受不到这种悲哀。从前，他会为每个客人而伤感，会但愿他们不曾来过；然而，时日渐过，连良善的心也铁石起来。见得太多了，重复着的悲凄，再引发不了任何回响。

思想飘远了的他，忽然害怕。已经没有爱情，迟早又会失去恻隐之心，千秋万世，更不知怎样活下去。

老板心里头，呈现了一个原本还是朦胧，但逐渐清晰的决定。

是了，是了。

他要这样做。

那天，他收起了孙卓的爱情之时，他已决定要这样做；今天，他更加发现，这是他长生不死的唯一出路。

是阿精的声音打扰了他，阿精对三岛说："三岛先生，请别伤心，你的家人会因为你今天为他们着想，而生活无忧。"

三岛说："穷我一生的精力，也是为了令自己以及我身边的人生活无忧，然而一步一步爬上去之后，却搞到连灵魂也不再属于自己。是不是有愿望的人，都已是太贪心？"

老板与阿精都答不上这问题，他们的客人，都是心头满载愿望的人，这些人不能说是贪心，而是，他们都走了那条太轻易走的路。

凭着一张地图，任何地方都可以直达的人生当铺。

三岛悲愤地说："你们明白人生吗？人生是否本该什么也没有？如果要在人生之中加添一些想要的东西，是否代价都沉重？"

老板与阿精再次答不上话来。老板今年大概一百六十岁了，但他却不能告诉任何人，他了解人生。

甚至乎，他什么也不了解。

老板只能说出一句："请你准备，我们该开始了。"

本来垂下眼睛的三岛，忽然抬起眼来，他如是说："不！"他发问，"你首先告诉我，我将会往哪里去？"

老板告诉他："那是一个无意识的空间，你不会知道自己存在过，亦不会游离，或许，你会沉睡数千年，或许只是一刹那。总之，世界末日一天未到，你也不会有任何知觉。就算世界末日到了，真要审判生者死者了，也有数千亿的灵魂，与你同一阵线。"

三岛本想理解多一些，譬如数千亿同一阵线的灵魂，是混合了上天堂和落地狱的灵魂？抑或只是要落地狱的，就有数千亿个？

但因为他知道无论是哪一个方向，都是大数，有很多人陪伴的意思，三岛忽然没那么激动。

老板问他："可以开始了？"

三岛合上眼睛，面临一个受死的时刻。对了，刹那以后，将会毫无知觉，所有做人的记忆，无论是悲与喜，得与失，爱与恨，都烟消云散。存在过，就等于不存在。

是最后的交换了，死亡就是终结。

他说了最后一句话："我以为，我不会走到这一步。"

老板安慰他："没痛楚的。"

三岛重新合上眼睛。

老板便把手放到他的头顶上，就在同一秒，三岛但觉心神一虚，之后便不再有其他感受。勉强说再有知觉，都只是这种连绵不尽的虚无。

眼前的三岛，已是尸体一条，在光影渐暗之间，他的躯壳被送回他的妻子身边。明早的新闻会报道，前富豪安然逝世，享年四十八岁。

老板的手心收起了三岛的灵魂，照惯常做法，阿精会把玻璃瓶递过来，接收这个典当物；但今次，阿精魂游太虚，完全没留意典当已经完成。

"阿精。"老板叫她。

她的心头一震，把视线落在老板的脸上。

"请收起这个灵魂。"老板伸出他的右手。

阿精方才醒觉，她用双手做了个手势，玻璃瓶便出现在两手之间。

老板把手放到瓶口，一股细小的，微绿色的气体从手心沁出来，注入瓶内。阿精盖上塞子，便步行到地牢去。

她推开门，漫无目的地朝木架走去，一直向前走呀走，终归，她也走到适当的世纪、时分、人物的架旁。

她把瓶子放到属于三岛那一格之上，旁边有一系列他以往的典当物。

继而，她木无表情地离开地牢，脚步浮浮地走回她的行宫。

其实，阿精漏做了一个很要紧的步骤，她应该把玻璃瓶中的灵魂转移到一个小木盒中，这种小木盒，可以完美地保存一个灵魂。已经重复做了百多年的步骤，她居然可以这样糊糊涂涂地忘掉。

这一天，什么也没有发生过，只是见了个客人，但阿精已觉得筋疲力尽。倒到床上的一刻，眼角甚至沁出了泪。

当铺的运作每天不断，老板也有留心到阿精的精神不振，他问过她，她没有说些什么，他便不理会了。只叫她多点休息，如果心情对的话，不如到外面的地方走走，吃东西、买东西，做些她喜欢的事。

老板支持阿精寻找乐趣，他自己亦然，他追踪孙卓的行径。

已推出第二张唱片的孙卓，赢得无数音乐界的奖项，名字无人不认识，古典乐迷、非古典乐迷，全都景仰她。她把古典音乐重新带回公众层面，令这些美妙乐章广泛地受大家认识。

在音乐史上，她担当了一个举足轻重的角色，孙卓，才二十岁，便成为一个等同"伟大"的名字。

世人渴望这些音韵，她把世人带回一个古典品位的追寻当中。孙卓明白自己的贡献，不独是一名伟大的乐手，更是一名伟大的音乐推动者。

她正举行她的巡回音乐会，世界性的，有的在小型的音乐厅中举行，有的在可以容纳数万人的音乐场地进行。世界每一个角落的人，也可以一睹她的风采。

事业发展得极好的她，裙下之臣亦穷追不舍，而且非富则贵。有唱片业巨子、西方国家的年轻王子、油田的大财主、跨国机构的继承人……她接见他们，与他们吃一顿饭，说些体己话。然后，她觉得，自己比起他们，更具皇族的气派。

凡夫俗子，谁会衬得起她？

她不需要他们的财富，她不需要他们的关心，又不需要他们的爱情。在无所需之下，他们变得毫不重要。

甚至不需要友情。要友情来做什么？逛街看电影吃花生米？如果她渴望这些事，十四岁那年，她便不会跑到第 8 号当铺。

她的生命，只有音乐，只有她的小提琴。一架起琴在肩上，弓一拉，她便拥有全世界，埋首在内，兴奋得不能形容。

一个人，便组成了一个家、一个团体、一个国家。只得一个人，她便变成一个世界。

心里头，若有任何记挂，那会是老板。他给她一切，所以她放他在心里。

这一天，老板又来探望她。

孙卓正在巡回表演途中，地点是荷兰。在彩排之时，老板现身在观众席的尾排，孙卓一直留意不到，她连彩排，也极度认真。

最后，她假装向台下鞠躬，眼睛向远处一瞄，便看见老板。她微笑了，从容地走回后台。休息室中，有人敲门。"进来吧。"她说。

老板走进门内，便对她说："累不累？"

"肚饿。"她按了按自己的肚子。

"我们到外面吃点东西。"老板提议。

孙卓点点头，便跟着老板走。

孙卓的心情很好，她说："你看，这儿四周都是花田！郁金香！洋水仙！紫鸢尾！"

老板问："喜欢花？"

孙卓说："我对花有 passion，不过，当然不比音乐的厉害。"

"喜欢什么花？"老板问。

"紫鸢尾。"孙卓说，"你看吧，紫鸢尾花田，像是聚集了成千上万只飞舞的蝴蝶一样，是不是特别的美丽？而且，凡·高也是最爱画这种花。"

说过后，他俩坐到花田旁的咖啡座，孙卓笑容满面，心情极好。

　　她说："你来看我，我真的好开心。你知不知道？巡回演奏是多么寂寞的一回事。每一次出场前的压力很大，完场后，压力消散后，换来的就是寂寞感，一个人在酒店房内，加上疲累，于是特别想哭。"

　　她垂下头来，吃了一口巧克力饼，本来想说一句："我也渴望有人关心。"然而，还是决定不说出来。她抬眼看了看老板，她知道不说是对的，无理由令大家尴尬。

　　但，慢着，又怎会尴尬？他们是什么关系啊？孙卓摸不清自己的思想，想必是闷坏了。

　　吃多一口巧克力饼，她再急速思考一遍，嗯，事实上是，见到老板，她很开心。

　　老板告诉她："如果你不介意，我可以多点来看你。"

　　"好啊！"孙卓很高兴。见到老板，她总能够飞快就回到一个原本的年岁，忘记了野心忘记了拥有这个世界，原原本本的，变回一名心旷神怡的少女。

　　老板问她："你已是世界上技巧最超卓，名气最响，亦是最富有和美丽的音乐家了，为何仍然压力那么大？"

　　孙卓眼睛溜了溜，然后说："奇怪的是，我一直认为，我的所有技术掌握，我的一切成就，都是靠自己而来的；从来，我没有视之为不劳而获，所以每一次架起琴，我也只能悉力以赴。"

老板点点头，他明白她的心态。

"你会认为我忘恩负义吗？"

老板说："我会认为你努力不懈，所以这一切你自觉是应得。"

孙卓说："我明白，如果不是老板，以我原本的天分，顶多只是乐团内的一名小提琴手，要扬名立万？没可能吧！"

但因为今天什么也做到了，是故孙卓说这话时，没有任何忿忿不平，也不带任何酸溜溜的感受。

心情大好，她多要一份芝士饼。

看着她的食相，老板想起阿精。阿精一向那么能吃，但这阵子，却吃得那么少。阿精发生了什么事？老板的内心，挂心起来。

孙卓提议："吃过东西之后，我们逛一逛街！"

老板把心神带回到孙卓跟前，他答应她。

于是他们步过白鸽处处的石板地，在一台漂亮的自鸣琴前停步下来，自鸣琴发出清脆的音乐，犹如八音盒般稚气童真。孙卓站在琴前，望着装饰在琴边的玩偶，笑得好灿烂。

孙卓说："我很传统的，喜欢这些古老欧洲玩意，还有这些古老建筑的风味，雕花处处。"

老板想起了从前的家，他与吕韵音在英国的家，内里的调子，就是传统欧洲式。因此他也和应："我也是。"

孙卓听见，也就笑得更灿烂。

临分别前，孙卓向老板请求："可否说一些令人振奋的说话？回去后，不久便要开始演出。"

老板想了想，有什么是他由衷要说的？想到之后，他望着她，告诉她："我会尽力令你一生幸福。"

他说时脸带笑容，而孙卓听过后，只懂得张大口来，这种话由一个男人说出口，多么叫人震撼。

不得了，她要大口大口吸上一口气。

老板做了一个"你满意了吧！"的神色，然后与她话别。

他转身离去了，自鸣琴仍然在奏，白鸽由一幢建筑物飞到另一幢，街上的空气仿佛夹杂着花香。孙卓看着这背影，浑身奇异地抖震，他那句祝福话，反复回荡在她的脑海中，一分钟重复一百万次。

到她也转身要离去时，脚步便有点浮，而脑海腾出了一角，她思想着一件事：把爱情交出去之后，究竟谁来接收了？

是老板吗？

不能拥有爱情之意，是不能对其他人拥有爱情吗？但对他呢？

爱情给了他，于是他就有权控制她的情感吗？

有这种事吗？第 8 号当铺如此运作的吗？

演奏厅就在面前了，她忽然停步，好想转头问清楚他。

好吧，一二三，转头。

却已再看不见那个背影。

有点失望。然而，如果他仍然在，要问的话，也不知问什么才好。

垂眼望着的荷兰石板地，忽然浪漫起来。她伸脚擦了擦地板，挂上了一个无奈的笑容，她料不到，她仍然保留了一种名为"舍不得"的情绪。还以为，什么也典当走了，原来又并不。

那么，她究竟以什么交换了一生的成就?

抬起眼来，仰望清爽的蓝天，真有种理解不到的玄妙。

孙卓转身走回演奏的场地。她有所不知的是，她的每一个动作，每一个表情，都被摄入了别人的镜头内。躲在不远处埋伏的，有金头发的记者，他们一行三人，注意了孙卓许久，跟她跑过一个又一个国家，为求拍摄到具价值的独家照片。

一直没有绯闻的孙卓，今回真是被正正捉住了。三名记者忍不住拥抱欢呼。孙卓刚才与那名仪表不凡的男士喝咖啡，在大街上闲逛的娇美神态一一收在镜头下，一篇《女神音乐家初堕恋爱中》的文章，定必能卖上绝顶好价钱。

赶快把照片冲晒出来，却惊奇地看见，孙卓在所有照片中都是孤独一人。孤独一人在吃巧克力饼，孤独一人在微笑，孤独一人闪出晶亮的欢欣眼神，孤独一人在自鸣琴前手舞足蹈。

那个男人来过了，伴孙卓度过愉快的午后，却不留下任何痕迹。

　　能容许把影像收在肉眼中，却不容许脸容落在任何凭据之上。

　　三名记者无论如何再也笑不出。是他们撞邪，抑或是女神音乐家与邪异为伴？

　　如是者，日子跟着看不见的轨迹走动，当铺的客人接连不绝，老板对孙卓继续爱护有加；而阿精，很少笑，不再热忱工作，亦没有大吃大喝的意欲。

　　餐台上，只有恰如其分的煎蛋、多士、咖啡。

　　老板放下手中报纸，他问："这半年来的早餐好单调，令我怀念起从前的日子。"

　　阿精说："怀念？你一直都不大吃东西。"

　　老板告诉她："你以前不是这样的。"

　　阿精不想回答，只是问："孙卓有二十二岁了罢！她出现有八年了。"

　　老板说："刚满二十二岁，我早前才与她庆祝了生日。"

　　阿精说："她已得到全世界的爱了，万人景仰。"

　　老板说："她应得的。"

　　阿精无精打采，她想问，如果孙卓已经得到成就，那么她为何不会有牺牲？

　　最后，她决定要重组念头，这样问："你对她那么好，这与得着爱情无异。"

老板只是平静地回答："她不会有爱情，她自动弃权。"

阿精不忿气："你优待她。"

老板亦不甘示弱："我有权与任何人交朋友。"

"假公济私。"她说。

老板很不满，却没有再回驳的意思，他站起来，走回自己的行宫。

心情不好，他拿起琴来，架上肩，便奏了一曲。今次他奏了维瓦尔第（Vivaldi）的《四季》中的《春天》，孙卓在她的最新音乐专辑中，选奏了《四季》四节乐曲。老板单单只奏一个季节，心情也能渐渐平伏下来，脑里倒是想着，如果只凭人类极限，一个人，要怎样才能有孙卓的水平，真正的出神入化？

阿精听见音乐声。她已不肯定，自己还可以支撑到何年何月。

由孙卓一出现的那天开始，她便陷入了一个彷徨的状态，然后是那名无翅膀天使的出现，令自以色列回来后的阿精跌进了抑郁中。

再不能肆意吃喝，也没能量挂上任何一个由衷的笑脸，她能做的，只是徘徊在困局中，来来回回走着，不出声，流满一脸的泪，然后又是再次的不出声与泪流满面。

已经感受不到快乐了，有得吃有得穿有钱可用，有喜欢的人在眼前，然而一点也不快乐。

有一天，她看到一本书，那是一本教人自杀的书，内有百多种死亡的方法，由最寻常的吊颈跳楼，以至放逐野外被狮子老虎咬死都有。阿精知道，没有一种她会合用。

想死哩！没有乐趣的日子，每一天也是挨。阿精仍然有一个习惯，她会走到异地散心，已经不为了吃，也不为了购物，而是为了找一个人倾诉。

在任何地方，都可以结识到异性，如果想选择用字，"友善的社交"，亦是一个可以接受的字眼。情欲都轻便简单，只要有一个友善的交谈开头，已经可以了。

这一晚，阿精认识了这样一个男人。

她在纽约看舞台剧，正排队买票的这一部，是推理故事。一间屋内的杀人事件，一个困局，一次拆穿谁是朋友谁是敌人的机会，宣传单上如是说。阿精觉得还不算沉闷，于是便入场观看。

她旁边坐了一个男人，是当地人，她看见他的侧脸，是一般西洋男人的侧脸，不算英俊，也不丑怪，比较瘦削，但从坐起来的上半身看来，他应该很高。

剧院那么黑，她本来看不见他，只是，他身上有一股甜香，她于是忍不住要转脸来看一看他。同一秒，男人也转过脸来，他朝她微笑。

男人告诉她："这个故事，剧评说了不起。结局出人意表，就如人生。"

阿精没打算理会他，她一句总结："我不关心人生。"

然后幕幔被拉起，故事上演了。

有人死有人伤心有人搞笑有人行为英勇有人足智多谋。真的写得不错，这部戏，或许真如人生。

当其他观众连声大笑大叫时，阿精只是叹气："唉……唉……唉！"

简直就是一名活得不耐烦的阿婆的所为，什么都引不起她的兴趣那样。

中场休息时，男人问她："你不停在叹气。"

阿精回答他："想不到该有什么可做。"

"不够精彩吗？"男人问。

"我的人生更精彩复杂。"阿精说。

"是吗？"男人说，"精彩得过极新鲜的车厘蚬、酒味浓郁的烩牛尾、香甜鲜嫩的黑菌，以及最佳甜品香橙舒芙蕾吗？"

阿精瞪大眼，他分明在撩起她的食欲。

男人说："散场后，我们去吃。"

阿精怔怔的，沉睡了多时的食欲，就被他的说话挑动起来，下半场，台上演员走来走去，阿精却是满脑子美味的食物，一想起有得吃，便满眼满嘴满鼻都是美食的覆盖。

她瞄了瞄身边人，她在想，寥寥数句话，就有如此能耐，此人真有点办法。然后，掠过脑内的念头是：好吧，今晚便选中你，吸取你一晚的记忆。

是的，阿精没把他放进眼内，正如她从没把任何血肉之躯放进眼内。

舞台剧完毕之后，他们便步行在大街上，男人说："纽约也不算是不夜城，半夜之后，只有部分街道具热闹气氛。这区好一点，戏院、剧院完场后，有人流。"

阿精问："你带我到哪里去？"

男人说："你连我的名字都不知道，便放胆跟我四处去？"

阿精说："我从来不怕人。"

"那你怕些什么？"

她想了想，然后回答："似人但又不是人的人。"

男人听罢，大笑。

阿精说："你懂吗？装笑。"

男人也就说了："没有事情我不懂。"

阿精说："什么都懂先生，你叫什么名字？"

男人回答："叫我 X 好了。"

"X？"阿精没深究，"X 先生，你带我到哪里去？"

"前面横街便是。但路很暗，你怕不怕？"

她笑："我也有份掌管世间黑暗。"

X 瞪大眼："这么厉害！"

她的神色便骄傲起来："碰上我，你的一生就不相同。"

"哗！" X 做了个兴奋的神色。

阿精瞄了他一眼，心中想着的是，自以为了不起，看看可以威猛到几时!

X带阿精来到一间小餐厅,环境不怎样,但每张木台上,仍然蛮有情调地放有小洋烛。

X说:"你拍拖时可以带男朋友来。"

阿精说:"我没有男朋友的。"

"以前没有?将来没有?"他问。

"是的。我不会有男朋友。"阿精呷了口酒说。

"不想要?不能要?"他问。

她溜了溜眼珠,"每样有些少。"

"太可惜了,如此佳人。"X赞赏她。

"谢谢。"她微微点头,然后她问他,"你想做我的男朋友?"

他问:"要什么条件?"

"首先喂饱我。"她说,"然后……"

"然后是什么?"

"等待一个情绪。"她垂下眼睛说。

不久,食物上台,阿精享受着她的美食,她是满意的,她不讨厌他,她在他跟前吃了颇多东西。比起早一阵子,她的确已算吃得多。但当然,比不上全盛时期。

而X也很能吃,兼且食相愉快。

阿精说:"你也颇厉害,吃两盘意大利粉!"

X回应她:"所以我们是一对。"

阿精不以为然,"萍水相逢,别乱说话。"

两人吃过甜品之后，便有放缓的趋势。阿精说："我只要多一份石榴雪葩便完成今晚的晚餐。"

X 和议："那么我也要一份。"

阿精问他："你之后有空吧？"

X 问："你的情绪到时候了？"

阿精笑："你也有留心我的说话啊！"

X 说："看吧，我是与众不同的！"

阿精呷了口酒，微笑，她只视他为一名较精灵的男人。她告诉他："在中央公园对面，我有一所房子，上来坐？"

X 回应："我等了一整晚，就是等这一刻。"

阿精在纽约的房子装修得美轮美奂，她从书本中参考了十九世纪欧洲人移民美国后的装饰风格，有火炉有地毡有安乐椅，配水晶灯、银器，以及钢琴和很多很多的照片。然而照片内没有一个是她，也没有一个是老板，她与他，加入了当铺之后，便没再拍过照；事实是，照片亦呈现不了两人的容貌。存活着的人，只有形，没有影像，不能作任何记录。

X 走到钢琴前，说："不如弹奏一曲。"

阿精没异议，X 便坐下来奏了一首美国流行曲。阿精倒了两杯酒，盛载在水晶杯子内，递给他一杯。

他问："我弹得难听？"

阿精笑："我常常听到真人演奏最好的小提琴音乐，但我听了，也不感觉快乐，好听难听，我也无感觉。"

　　X知道阿精的情绪真正来了，便说："你怪责他只知道琴音而不知道你？"

　　阿精苦笑："我没怪责他，我只是怪责寂寞。"她抬起眼来，寒星点点，"你会明白吗？一个人对你的视而不见。"

　　X问："你可以肯定那个人真是你所爱？而不是其他感觉？"

　　阿精说："大概是。"她伏到沙发椅上，样子慵懒疲惫。

　　"你敢肯定？"X再问，"会不会是因为朝夕相对？会不会是因为无可选择？会不会是因为他的视而不见而你不甘心得太久，于是以为那是爱？"

　　阿精翻一翻身，望着天花板，天花板是红色的，吊着一盏水晶灯。她说："不，我知道那是爱，无人可以挑战我。"

　　是的，可能因为朝夕相对，可能因为他是唯一选择，亦可能因为百多年来的不甘心。但是，从何种错误原因引申的，最后，也只回归到真实的爱情当中。

　　她不知怎么向一名陌生的男人用言语证明，她只知道，一旦描述到爱这个字，她的心便先会一热，然后一酸。继而，她的眼眶便湿润了，五脏六腑冲上一股哀伤，接下来的便是掉眼泪。阿精埋首在膝上饮泣。

　　X坐到她的身边，抱住她。他说："离开他吧，离开他你便会快乐。"

　　她低语："别装作明了，我离不开他。"

"他没锁住你，你要走，可以走。"

"离开了他，我会流落到哪里？"她反问自己，然后，她又肯定地说，"我不会离开。"

"别虐待自己。"Ｘ说。

阿精说："你不会明白。"

Ｘ说："你应该知道天堂另有路。"

阿精抬起脸来望向他，忽然，她警戒起来。

她离开他的怀抱。"你是谁？"她问。

Ｘ微笑："我是你的倾诉对象，而你需要我。"

阿精但觉不妙，她立刻伸手往他的额前按去，岂料Ｘ敏捷地捉住她，并对她说："别铲除我的记忆。"

阿精喘住气，瞪住他。

他说下去："你只有我一个朋友。无论你活多久，你也只能有我一个朋友。"

"你究竟是谁？"阿精再问。

Ｘ说："我是一个你可以依靠的人。"

阿精立刻说："我不依赖任何人！"

Ｘ站起身来，他向她告辞："倘若一天，你闷了，想找个朋友说话，你可以找我。"他伸出手，手指一动，像玩魔术那样把卡片翻出来。

阿精不肯接过，卡片便像落叶般飘然而下，在空气中扭动了三周半转体，然后才跌到地上。

"我走了！"X转身离去，背着她说这一句，活泼伶俐地挥挥手，继而步向大门，翩然走出阿精的住所。

门一关，阿精便发呆。刚才，究竟发生了什么事？一个看得穿她的男人出现，说些似是而非的话。而且，更遗下满室的甜香，这香味，煞是熟悉，但她又说不出来源。

心神稍定，她俯身拾起卡片。卡片上，只有一组数字，其余一片空白。

想不到，寻求解闷的一夜，会有奇遇。

遇上老板之后的存活年份，有没有一百五十年？一百五十年间，她在夜里遇上多少个给她解闷的男人？这一个，最出乎意料。

所有男人都有一个背影一个正面影像，有些她会拣背影来看，有些她专注只看正面；而这一个，似乎比起背影及正面，都多了许多层面。

他没可能是凡人。阿精抓抓头，真是个哑谜。

后来，阿精回去当铺，在楼梯上碰上老板，她低头擦身而过。

是老板与她说话："你往哪里去了？"

她答话："我去了纽约。"

老板说："昨天晚上有客人，你不该放假。"

她转头望着他："我想几时放假便几时放！"

老板拉平语调说："到纽约去，又带了几个偷偷铲除了的记忆回来？"

阿精说："不关你的事。"

忽然，老板凶起来，他用力拍打楼梯扶手，说："你这些胡混的做法，叫我如何去维护你！你究竟知不知道什么是高贵！"

阿精吓得向后退，然而，在这一刹那，她决定要还击，她说："高贵？是你最高贵！你私下调动客人的典当物，你私下做了违反规则的决定。如果不是我，你今天可以这样安乐？你说你维护我？这百多年以来，每次打开账簿时，是谁在维护谁？是的，高贵我不及得别人，她有重名利轻感情的小提琴！"

老板怔住。从来，阿精没像此刻般怨恨过，她的眼睛，是红色的。

阿精气冲冲地走回她的行宫，而老板，表情有着忧愁与落寞。

是的，他讨厌她久不久便带回一些如垃圾一样的记忆，他讨厌所有不高尚的行为。然而，更深层的感觉是，男人的妒忌、愤怒、不满、委屈……只是，没有爱情的男人，演绎不出男人的这些伤痛特质，能够尽力排解出来的是，厌恶、深感胡混不高尚……这些非爱情的感觉。

一直以来，他想表达更多，然而意图归意图，行动上，他无能为力。

阿精是伤心、妒忌、不满、怨恨……他看得出，都是因为他。

他叹了口气,最深的感受,也只能如此。

但愿,有一天,可以表达更多。

自这天开始,老板与阿精的关系,一天比一天疏离。阿精甚至不再出现在书房,她由得老板自己一个人对客人进行预约、接见、接收典当物。而阿精,长时间周游列国,她跑遍世界各地的大城市,买下一幢又一幢住宅,心情好之时,一个人吃十个人的食物。她做上所有她觉得快乐的事,她已不愿意再回去当铺。

与 X,不时见面。

第一次把 X 叫出来,情况是这样的。阿精情绪低落,在京都的菜馆吃过刺身与面条之后,便有种茫茫然不知所终的迷失,下一步,该走到什么地方去? 她走进寺庙中,嗅到树的气息,又听见溪水潺潺,卵石路也满有生命,走过时窸窸窣窣地响起来。她走来走去,环境好美,但心不在焉。一直踱步至傍晚,她走进一间酒馆,但觉,日本男人都乏味,与其找一个人说半晚话,不如要一个知心的,因此,她决定打一通电话。

卡片的陌生号码,立刻接通了。

"喂。"那边的人说。

"找你。"阿精吐出这两个字。

"哈! " X 笑着说,"就来! "

阿精说:"知我在哪里吗? "

"你在京都的酒馆内，沙发是灰色的。"

"厉害！"阿精模仿日本人说了一句日语。

她挂上电话，喝着酒，思考着这个人的事。

他也是无所不在吗？他也有当铺大闸那种穿越区域的空间吗？他二十四小时都有空吗？他比她更无所事事吗？他也长生不死吗？

刚想到最后一项，X便来了，是这家酒馆内唯一的西洋人。

"好快。"阿精说。

"女人会慢一点，女人要化妆。"X回答。

阿精呷了口酒，打量着这个已被她界定为同类的人。

"我这阵子时常在外面走。"她说，"因为闷，所以找你。"

X拍了拍心口，一副感叹的样子："美女想起了我！真了不起了不起！"

"有没有什么地方好去？"阿精问。

X说："我的家。"

"你也周围有家？"

"来不来看看？"

"奉陪。"

于是，他们便离开酒馆。一路上，两旁的树有落叶。阿精说话："当铺的结构很出奇，草原与树林四季如春；但大门至铁闸的一段五十呎小路，却四季是深秋，永远刮着落叶。"

X听着，没答话。

阿精说："你一定知原因。"

X坦白："我不知道。但我的家，是一个更奇幻的地方。"

阿精高兴起来，"有这一回事？"

"就到了。"他说。

他们停在一幢日式古老房子跟前，然后X拉开木门。走进去，阿精跟在他之后。他们走过小水塘，水塘内有锦鲤，又有日式的小石摆设与竹林，这一切，只觉雅致，却无甚特别。

阿精在没有惊喜的心理准备下走到那古老的拉门前，X对她做出了一个"请看"的手势，继而，X把门拉开，阿精便看到，一个极奇异的景象。

门内，不是一间房，而是一个村落，黄泥遍地的田有水牛在耙田，连绵不绝的是远远的山脉，田边有木搭成的简陋房子。这景象，这从田间吹来的风，泥土的气味，非常非常的似曾相识。

她跨过门槛，向前踏了一步，上天下地，仿佛有一种冲击的力量，重重击在她身上。她明白，她是跨越了些什么。

然后，她看见，一名村女在她跟前走过。村女大约八九岁，头发梳成两条辫子，衣衫褴褛，缝缝补补的，但脸容倒清雅干净。

阿精跟在小村女身后，然后，灵光一闪，阿精发现，这小村女就是她。

一百五十年前，在贫瘠的村落中，那个永远吃不饱的瘦小娃儿。

阿精一边走一边张大口，"陈精！"她低呼。

陈精听不见，她脸带笑容半跑半跳地走回家。

"妈！"她走进家中。

阿精跟在后面看。不得了！陈家满屋子内都是食物，有腌得香香的猪、鹅、羊，挂到灶头之上；另外，堆得高高的青菜；白米满缸，鸡只满地走；后栏之内，还有肥猪一大只，它哼哼哼地叫。

家中，从未丰盛至此。

小小陈精从厨房替母亲捧出饭菜，有汤有肉有鱼有菜有饭，一家人，上上下下围在饭桌前，开心满足地吃。一边吃，父母与大姐二姐一边交谈着："这两年丰收真是皆大欢喜，一亩田种出十亩谷物……"

阿精站在一旁观看，是吗，小时候曾经有过这种好日子吗？

父亲仍然在说："我们弄一个猪场，往后每天有新鲜猪肉食！"

小陈精第一个带头欢呼。

阿精看见，陈精的眼眸内，充满真诚的希望。

阿精用手掩住口，因为，她快要哭出来。

小时候的她，何曾如此快乐过？无时无刻不活在饥饿之中，何曾有鱼有肉有白米饭？

此刻,得到了一个补偿,阿精忍不住,泪流满面。太感动了,就算这一切是假的。

她回头一望,也就看见门框,X站在门框之后。

阿精再把视线落在陈宅一家,她伸手,爱怜地轻抚陈精的脸,然后依依不舍地转身,跨步走回门框之后。

掩住脸,她呜咽。

X上前拥抱她,门框上的拉门,便被关掉了。

X说:"你看,这样是不是幸福?"

阿精不住地点头。对,这样就是幸福。

X说:"幸福不是长生不老,不是大鱼大肉,不是权倾朝野。幸福是,每一个微小的生活愿望达成。当你想吃时有得吃,想被爱时有人来爱你。"

阿精问:"这幸福该往哪里找?"

X说:"有一天,我会带你前往。"

他再说:"现在,我就给小时候的陈精永远的幸福,好不好?"

阿精点头:"多谢你。"

她不清楚幸福的陈精在哪个空间吃得饱饱,全家不用挨饿,二姐不用被带去省城然后活活被打死,而她,亦不用偷走出去抹屎抹尿与人睡觉为求过得温饱……但不要紧,是回忆又好,现实又好,只要陈精有幸福,满足了,她便开心。

做人之时,有得吃就是幸福。但今天呢?陈精望着地板,在 X 的怀中迷惘起来。

X 问："今晚过得好不好？"

"好。"她顺服地回答。

X 再问："还有没有什么想做？"

她说："我想睡觉。"

于是 X 拖着她的手，带她穿越走廊，然后到达一间阔大洁白的睡房。那里什么也没有，只有一张雪白的大床，阿精看见那床，便被催眠般走了过去，怀着万分渴望地倒在床上，不消数秒，便睡着了。

X 看见她的睡相，他断定了，她是其中一个最渴望安息的人。

为着怜爱，他伸手抚摸她的脸容，随着他的手指一扫，顷刻，带动了一条湿润的痕迹，那是她的眼泪，从熟睡中沁透出来。

"可怜的孩子。"X 细细地说了句。

之后的日子，阿精与 X 相见得极频密，只要当阿精有需要时，她致电召唤，X 便火速来到，"比起任何电召服务更妥当。"是她对他的形容。

肩并肩，阿精与 X 到过世界上任何一处她想到的地方，心情对之时，两人便相对居住数个月，吃喝玩乐，恬静快乐。

他们很亲密了，她会抱着他来睡，把口水流在他的肩膊上，睡得太野之时，她一伸脚，他便被她踢下床。

有一次，阿精问他："为什么我没有爱上你？"

X也问："对啊，为什么呢？"

阿精自己回答："因为我当你是我的兄弟父母。"

X说："兄弟父母吗？很好哇。"

"喂！"阿精叫他，"你是不是 gay 的？"

X瞪大眼，向后一退："哗！干吗你思想这么狭窄？"

阿精说："你也对我无欲望。"然后她细细声地加多一句，"你与老板，是同一种人。"

X做了个怪表情，他说："才不，我与你老板是差天共地的人，所为其主各异。"

阿精好奇："我与老板的工作性质很明显，可以列一张清单出来。但你呢？你的实际工作究竟是什么？"

"我来给迷失的灵魂带来幸福。"X告诉她。

"多久跟进一个 case？"阿精问。

"有时候数年跟一个，又可能是数十年一个，慢工出细活。"X说。

阿精盘算着："那么，你的上头年中要派多少个你这种人出出入入？"

X却说："照我所知又不是很多啊！做我这种职位的，只有寥寥数名。"

"什么？"阿精奇怪起来，"你们的幸福很稀罕啊，没多少人受惠。"

"对。" X 望着她，"很特别的人才有资格被跟进。"

阿精问："你上个 case 是什么人？"

X 说："是名世界领袖。"

"哪一个？"

"把人类关进毒气室的那个。"

"他呀！"阿精张大嘴，"你专负责罪大恶极的人的灵魂吗？"

X 说："他们影响力大，如果可以令他们向善，成效可以很高。"

"那是失败的 case 吧！"阿精想了想。

X 点头，然后说："所以我对你要志在必得。"

"我也是大魔头？"

"不比其他穷凶极恶的人罪名轻。"

阿精皱起眉，"我很坏吧……我与人类做不道德交易，置他们于死地，收购他们的灵魂。"

"都还有救。" X 说。

"你会不会救我老板？"她忽然想起。

X 摇头："没收到指示。"他说下去，"你的老板与我们这边没感应，很难帮忙。但你不同，你去一趟以色列之后便神魂颠倒。"

阿精问："以色列那次你都知？"

X 说："他也可说是为我铺路。"

阿精惊奇："专程派他来的吗？"

X否认："我才不会派一个叛徒来！只是，世事很微妙。我也不会完全了解所走的每一步。"

阿精问："救了我之后，我往哪里去？"

"幸福嘛！"X说，"由认识你的第一晚，我们一直没离题！"

阿精把眼睛向上仰望，她说："你给了我许多幸福的感觉，有甜美的，有软绵绵的，有昏昏欲睡的……只是，我还是决定不了，我的幸福是什么。"

她伸手往半空抓来抓去，想抓住什么，却又什么也抓不住。

X这样告诉她："一天，你清楚你的幸福在哪里，就告诉我吧，我把它送到你面前。"

她望着X的眼睛，他的眼眸内尽是深深的善与美，从来，她也没有看过比这更美丽的眼睛。

代表了信赖、完美、保护的一双眼睛。

忽然，看着看着，她就叹了口气。但愿，老板也有这样的一双眼睛。如果他的眼睛内有这些信息，她便不用四处走。却就是，走来走去，还是惦记着，这么一个人，从来从来，没用这样的眼睛看过她。

唉。看吧，年年月月过去了，还不是心中只在意他？

她再望了望X，忍不住转身走到另一边，X说什么要给她幸福？都不是那回事。

再软绵绵的陶醉，再受保护地存活，也及不上，一个拥有某个人深情一望的渴望般强大。

心愿未了。逃走出来，但心仍在某个大闸之内。

与 X 走过半个地球后，人世间的岁月过了多少？两年？三年？她没计算过。现在这一站是智利，X 与她在印加王朝的遗址中闲荡，阿精一身粗布，头戴一顶皮帽，满脸风沙，他们住在一间小屋内，设备简陋，但阿精依样一日十餐大鱼大肉，X 在黄沙地上研究破落古王朝的遗痕，阿精则费尽心思考虑每一天的菜单。

终于，她按捺不住了，便向 X 要求："我们住到城市去！"

X 没所谓，伴着她搬回繁华的大城市。他们住进六星级大酒店的总统套房，俨如一对富有的情侣。

X 问她："可满意？"

她本来就这样便可以点头，可是朝海旁一看后，她便立刻由满意变作不满。孙卓亦刚驾临这城市，她在这城市开演奏会，海旁的大厦上，有十层楼高的海报，迎着风向这城市的市民发挥她的魔音魅力。

阿精望着孙卓的海报问："她今年多少岁了？二十五？二十六？二十七？"

X 望了望窗外，便说："放心，有天她会比你老。"

阿精呢喃："但若果老板愿意，老板可以令她不老。"

X 说："你的老板为什么要这样做？"他想了想，然后说，

"会不会，他想以孙卓代替你？"

阿精心头一震，事情再坏，她也没想过老板想以别人代替她。

这念头降临之后，阿精但觉手软脚软。她躺到床上去。

Ｘ问："你怎么了？"

阿精说："我们……我们不如去看孙卓演奏会。"

Ｘ有点愕然，然而他还是答应："女人的决定，真是匪夷所思。"

后来，他们购买了最好的座位。阿精与Ｘ进场之后，阿精一直左顾右盼，她第一次听孙卓的演奏会，只见在座的人各有不同风格，有型的年轻人、成熟的专业人士，似乎，孙卓得到大部分人，以及各阶层的认同。

转过身去看，还有迷哥迷姐以横幅大大的字支持孙卓哩！

Ｘ说："很受欢迎，会场内有热血沸腾的气氛。"

孙卓当红了十年以上，她已是世界上最具魔力的 Diva。

阿精没作声，她静待孙卓的出场。

幕幔被拉起，孙卓从一架空中马车缓缓降下。马车是蓝色的，由两匹白色小马拉着，而孙卓，一身的淡紫色，束起了头发，愈发似一位公主，更像是仙女。

全场掌声如雷，混杂了尖叫声。阿精探看左右的人，这里的每一副面孔，都一心一意地朝台上的人喷射出极仰慕的神色，那种景仰，恍如五体投地于一个宗教。

那么，孙卓就是神了。

她拉奏着一首肖邦的《小夜曲》，幽幽，又融合了清新，把座上万个灵魂，随音符带动到万里之外，那里无星无月，无云无风，只有一个空间，那空间是音符的存活地。曼妙的音韵包围住有感应的灵魂，赐予这灵魂最细致动人的触觉。

有些观众合上眼，头摆动，如被催眠般，有一些，感动得掩住嘴，眼有泪光。而阿精，随《小夜曲》而来的，是深深的哀愁，哀愁来自，纵然她恨孙卓，却不得不折服下来。

还有什么孙卓会得不到？可以控制这琴音的人，就可以得到全世界。

是老板赐予的力量。老板把最崇高、细腻、无瑕的技巧送给孙卓，可见老板对她的爱有多深。

X不是说过老板可能正是希望以孙卓代替她吗？为什么不？起码，他俩每晚可以合奏一首美丽的乐章。

忍不住，阿精掩脸垂泪。

孙卓换掉身上的公主服，转了一个艳女的形象，鲜红色的一身。舞蹈艺员出场了，她们狂热舞动，孙卓要演奏的是《卡门》。

观众无不挥手叫好，哨子声、喝彩声此起彼落。上万人之中，只有阿精一个，在孙卓的带动下，情绪变得低落。

她擤了擤鼻子，在泪眼蒙眬间无意地向上一望，左边厢座内，坐着的，是老板。

他背对着她而坐，然而还是只看一眼，她便知道。

自从这一秒开始，她便没再把视线移开过，所有人盯住舞台，她盯住老板。

只看他的背影，她也可以知道，他有多专注、多欣赏。

这究竟是一个怎样的世界？有些人，可以这样轻易地深深吸引他。

阿精把脸垂下来，眼泪刚好掉到她的膝盖上。

中场休息时，她往厢座走去。

一步一步，她走近那背影。于是，一步一步，她陷入愈来愈重的哀伤中。

"老板。"她叫唤他，勉强抖擞精神。

老板掉过头来，他看见一张久违了的脸。他的目光内，犹幸，还有点惊喜。"阿精！"

阿精站近他，她不知所措地抓了抓头发，强颜欢笑："你也来啊！"

老板说："孙卓的演唱会，我很少缺席。"

她立刻"啊"了一声，虽然心中很不是味儿，不情不愿。她不明白老板，他总是无所谓地伤一个人的心。

老板又说："你多少年没回来当铺了？"

"我流连忘返。"阿精吐吐舌头。

"我们上上下下都挂念你，你快些回来吧！"老板告诉她。

正当要好好心甜之时，老板却又这样说："这几年，好在有孙卓。她有空时会来当铺帮手。"

阿精很愕然："什么？你让她来帮手？"

"反正她都懂，而且，她也是好帮手，客人见是她，连命也可以不要。"老板表情倒也轻松。

阿精望住老板，刹那间，所有不祥都涌上了心。老板不要她了，老板找到更合意的人了，有人做得比她更好了，她是随便可以被代替的了……

到最后，所有懂得的，只是"啊"的一声。

会场内宣布的声音响起，下半场表演快要开始。

她茫茫然与老板道别，而老板告诉她："玩厌了就回来。"

她问："你真的让我回来？"

"那是你的家。"老板说。

她听了，舒出一口气，于是她答应老板："很快，我便会回来。"

她转身便走。话是说了，然而她自己也不知道，她何时才会回去。

老板说的会不会是客套话？老板已有好帮手了吧！自己可会是可有可无？

当初，是自己夹硬要跟住老板，夹硬要做他的助手。但另一个，是老板自己选的。

想到这里，不得不自卑。她垂下头，返回自己的座位，然后她决定，不看了。

"我们走吧。"她对 X 说。

X 站起来，边走边说："是因为她太好？"

她苦笑："也因为我太伤心。"

如是者，阿精与 X 离开了这个城市，他们转移到非洲的大草原上。

一天晚上，看着闪亮无比的星星，阿精问 X："我们走来走去都是地球，很闷，可不可以走到另一个星球？"

X 照实说："你的 case 只限在地球运作。你与你老板的规则，亦只限于地球吧！"

"这样子长生不老真会闷死。"阿精呢喃，"我做了当铺的人多久了？有没有一百七十年？抑或一百八十年？时间于一个女人来说，变得无意思之后，也不见得好快乐。"

X 说："那是因为你存活的主题有问题，你做人没意思。"

阿精翻一个身，问："那你觉得自己存活得很有意思？"

X 想了想，说："我有一千五百岁，你知不知？"

"哗！"阿精笑，"原来你最老。"

X 说："但我的日子很有意思，我有目标。"

"我无。"阿精在草地上伸伸懒腰，"我们的上头要我们互相找个伴，就是希望日子好过一点，但原来，是相反的。你一千五百年来自己一个也挨得住，皆因太有意思了，有意思得，你根本不需要依傍一个人。"

"对。"X 高兴她理解得正确，"我不停地给予，不停地使目标物件归信我要他归信的，目的清晰可见。一个不断地有目标去给予的人，生活很有意思。"

　　阿精说："即是说，一个造鞋的鞋匠，心中一心想着要造出美好的鞋子来令世人有更好的鞋穿着，因为此种目标，令他的生活变得比我的生活更有意思。"

　　X 说："你的生活只是褫夺他人的拥有物，但最终得益者又不是你，你又不能从别人的痛苦中得到快乐，所以你不会觉得有意思。"

　　阿精把脸压向草地，嗅着草的气味，然后她说："所以，我与老板都各自寻找年月上的意思。我的意思是他，而他，则是……"

　　她说不出口来。

　　"别自找痛苦。" X 说。

　　"哎哟！"阿精拍打草地，"这是我的初恋呀！"

　　X 没理会她。而她，一直叫下去："初恋呀！我的初恋呀！"

　　X 有一个无奈的表情，他爬起身来，走回他的帐幕中。他开始不明白了，为什么，敌对的上头，会容许这种货色做他们的手下。忍不住，X 就摇头。

　　说了回去的阿精，一直没再返回当铺，现在，当铺中的女人，变成了孙卓。她不是天天都在，只是每当不用练琴了，不用工作了，她便会到当铺来。

　　做着阿精之前做的事，预约与接见，而收藏，则由老板亲自管理。

今年，孙卓也三十岁了，阿精离开了八年。八年来，老板没打乱任何一单生意，没有私下调换客人的典当物，没有任何应做而不肯做的买卖。老板知道，没有阿精，他便不懂得在账簿上做手脚，于是，还是老实点好。

这一晚，有客人来，典当一条腿。那是一名医生，他为了晋升成为医院高层，宁可牺牲一条腿。

他解释："没有腿的医生仍会是好医生，医生，最紧要有一双手。"

老板问他："你认为你会是好医生？"

他便说："我医术高明。"

老板却说："好医生也要有仁心。"

医生察觉老板不太热衷帮他，便脸色一变。

是孙卓打圆场，她说："医生的任务不外是救人，有权力欲的医生也会是好医生。"

医生望着她，然后说："还是孙小姐聪明剔透。"

老板笑了笑，其实他才没所谓，"我非答应你不可？"

医生说："一双腿够不够？"

老板说："失去两条腿的医生太不方便，我还是留下一条腿给你，造福人群。"

那样，双方便再没有问题。老板给他一份协议书，然后医生签过字，交易便要开始。老板请他合上双眼，他便合上了，老板伸手在他眼前一抹，他便进入了一个催眠状态，他什么也看不见，什么也不知道。

书房内，医生凌空横躺在老板跟前，一把巨型电锯正电流充足，尖齿以高速狂转，三秒之内就会贴近男人的左边大腿上方。

将切未切，这情景实在是整个过程中最恐怖的。

老板不想看，他走到椅背之后，背对着这进行中的切割。

电锯触碰医生的大腿，血肉四溅，电锯力度极猛，于是血肉便一小块一小块地各散东西，飞溅到沙发上，书桌边缘，甚至是孙卓的裙子上。

"天！"她低呼，捂住了半张着的嘴。孙卓也觉得这情景恶心，但是她知道，如果要长留在这里，再恶心的事也会发生。

是的，她喜欢这里。

倘若一天，她厌倦了名与利，便想生活在这里，与老板一起打理这家当铺。到时候，她要求长生不老，就如那个阿精一样吧！她相信，她会做得比他更好。

整条腿被切割下来，切割的缺口血不断地泻下。老板转脸望向这凌空横躺的男人一眼，血便止住了，而四散的肉碎也从地上各方消失，书房内的血渍，亦像被太阳蒸发的沙漠水分一样，消失得无影无踪。

老板伸出手，那条属于当铺的腿便被吸纳过去，而失掉一条腿的男人，影像也渐次隐没在这空间。他归去原本而来的世界。

抱住腿的老板，这样告诉孙卓："这就是典当物。"然后他带着典当物走到地牢中。

孙卓留在书房守候，她明白这种规矩，她只是名帮手，更正确的是，她是名客人，有些地方她总不能走去。

孙卓就是这样子介入老板的当铺，她为他作个伴，日子安宁惬意。

老板问她："我给你世间的一切，你可是感到满意？"

孙卓回答："好得超乎所料。"

老板说："你可是得到幸福了？"

孙卓说："是的。"她的眼眸内，有星星在闪，是的，她感到幸福。

她取笑他："三番四次，你也要确定我是否得到幸福。"

老板的表情倒是认真："这是整件事的最终意义。"

孙卓把脸伏到自己的手臂上，她因为有人如此关怀她的幸福而感到好运。

老板望着窗外，而她望着老板的背影。对了，这何尝不是幸福？

在尘世间，孙卓其中最重要的工作，就是拒绝来势汹汹的追求者。

世界首富，国家政要，世上最有钱最有权力的人，都来向孙卓试探、问候、约会。像古时的女皇那样，她接见他们，研究他们，然而最终就是，拒绝他们。

从前，年轻一点，追求者多是巨富的儿子，但今天，大部分追求者是巨富本人了。

坐在他们的游艇中，埋葬在金钱、繁华与甜言蜜语中，在繁星点点与香槟的泡沫星光中……孙卓感受到的是一种与自己毫无关联的善意、美意、暖意。

心灵，是不相连的。

只有老板，才能直达她的心坎，他们熟知对方，清楚对方，他们是心灵上的友伴。

一直有人确认孙卓身边有一个男人，很多人见过，他风度翩翩，有着沉郁的魅力。只是，没有人能提供证据，没有人指得出他的背景和身份。

这种传闻，令孙卓的人生更富戏剧性。她是名女神，可望而不可即，不是一般人能染指。她与她的私生活，都深不可测。

一般人可以做的是，只有膜拜。

有一回，孙卓应邀到传媒大亨的派对做贵宾，那个派对布置得如摩洛哥王朝，纱幔处处，飘扬的幕幔中，到处是酒与肉，一伸手一提腿，便有下人送上来。

孙卓与其他宾客一同喝得醉醺醺，她娇笑、软软躺到贵妃床中，传媒大亨抱住她的腰肢，凝视她的美貌，禁不住，他就对她说："为了你，我下半生什么也可以不要，只要你一声吩咐，我就去做。"

孙卓听入耳，反应是咯咯地笑，继而伸腿把男人踢到地上，男人愕然极了，但孙卓是理所当然的，她要求："你跪拜我。"

男人抬头，望向她的脸，她的表情好认真。然后，他决定，照做。

他跪在地上，作第一次的朝拜。把头叩下的时候，还有点不情不愿，但当第二次、第三次重复之时，他又觉得，一切理所当然，兼且曼妙无比。

何曾有过女人要他下跪朝拜？一旦出现了，他只有觉得趣致动人。

第四次、第五次、第六次……他甚至叩出声来，真是身心舒畅。

孙卓接受着朝拜，仰脸娇笑，漫天的薄纱，烛光处处，只差一点，她便会误会自己是古代的公主，又或是女神。

被人跪着来叩头，真是快乐。

只是，这些人，除了用来叩头之外，还可以用来做什么？

又再想念起老板了。他在一个虚假的空间内，可是，最真实的却又是他。

这就是孙卓的日子。她得到了她的成就与荣耀之后，她再想得到的是，老板。

终有一天，她会不再稀罕世上任何的虚荣，或许那一天，她会另外想要点什么。

得到老板的话，她甚至可以得到永生呢！谁知。

而最紧要的是，她的心中一直有着他。

就在孙卓歇息于传媒大亨名下的摩洛哥王宫中时，老板从朦胧中现身。孙卓正在床上辗转，喝得太多，头便痛，也乱做梦。模糊地张开眼来，看见老板坐在房间中的座椅内看书，她便爬起来。

"老板，你来了……"她说。

老板说："玩得够尽兴吧！"

她疲倦地笑："胡胡混混。"

"今天的报纸已报道了，传媒大亨以三百克拉美钻向你求婚。"老板告诉她。

"是吗？"她拍打自己的头，"他没有啊。但如果他真是那样，我也会拒绝。"

老板微笑："三百克拉美钻，是稀世珍品。"

她溜了溜眼睛，笑说："也是的，不要用来镶戒指，用来做皇冠最好。然而戴得了多少年？最后，说不定，典当了给你。"

老板笑："看得真通透。"

"他们没有一个人，有可能性。"孙卓说。

老板望着她，她已比他第一次看见她时成熟了许多，十四岁至三十岁，她经历了的与得到了的都多。然而，似乎心里仍然坚决。

他问："你一点也没后悔当初的决定？"

孙卓说："没有。"

老板说："就算你不要爱情，但你也可以结婚的。你失去的，只是爱情那一部分。"

孙卓依样摇头："不要，统统不要。"

她有那份矢志不渝的神色，眼睛内半点犹豫也没有，老板便非常安心了。

"那就好了。"他对她说。

她听见了，有半点愕然，她不太明白他这句话的意思。很想问清楚点，却又不知该怎么开口，于是，她决定细细在心中组织一下，然后这样发问出来："我不想要所有男人的爱情，因而你就觉得好了？"

老板想了想，继而点头。

孙卓的心中"啊"地叫了出来，是窃喜了！会不会是因为他会妒忌？会不会他认为他们也衬不起？总之，她不要世间的爱情，他便安心了。

那么，老板究竟会有什么安排？

孙卓屏住气，望着老板。

老板却说："我要走了，我只是刚巧路过。我准备到罗马去。"

"是吗？"孙卓呼出一口气。他似乎没打算告诉她些什么。

"玩得开心点。"老板说。

她点下头来，笑容灿烂，然后，老板便离开了她。孙卓躺回大床上，翻了翻身，用枕头压着脸，她的笑容仍在，为了自己的猜测而高兴起来。其实，她什么也不知，她只知，老板对她好，将来，她一定会有更好的路要走。

老板也一定知道她的心意吧！她把脸由枕头伸出来，一整个心的快乐，都反映到脸上去，今天，她比平日，脸上更有光彩，更迷人。

忽然，在清晨的这一刻，孙卓感受到幸福。幸福是得到一个心愿后，再得到另一个。

"唉。"幸福得，她要叹气了。

老板的行程，目的地是罗马，他到罗马去，并不是为了游览，又或是接见客人，而是，有更重要的事情要办。

罗马有庄严的大教堂，意大利人百分之九十都信奉天主教，梵蒂冈又是咫尺之间，偏偏，老板要见的人，却约在这样的地方。

地点更是位于小街的一所小教堂旁，老板走进那小街，迎面而来的是踏单车的人，以及半空晾晒的衣裳，还有四处走的狗儿。不阴森不沉重，反而热闹富人气得很。

今天，老板依然不能走进教堂，临近教堂也有种心脏会在下一秒停顿的恐慌，他只在教堂外对面的小巷走过，冷不防的，就有人叫停他："韩诺。"

老板转头，在接下来的数秒，他看见一名地道意大利男人外形的人，他说："你来了。"

老板正要回话之时，此人的外形迅速变了另一副模样，由意大利男人，变作金发碧眼的西方美女。

西方美女说："我们想问你一件事。"说过后，西方美女变成印第安部族的中年妇人。

在这不断变更的人之前，老板说话："有什么可以帮忙阁下？"

印第安部族中年妇人，变成棕发的小男孩，年约十岁。小男孩说："我们想问你一个灵魂的下落。"

小男孩变成东方人外形的大男人，继而又变成衣着跟贴潮流的黑人。

老板说："哪一个灵魂？"

黑人说："你知道一名——"黑人变为南美洲种族的年轻美女，她说下去，"叫作三岛的人的灵魂的下落吗？"

"三岛……"老板搜寻印象，"那大概是十年前的事了……"

南美洲美女变成东方血统的老公公："但你仍然记得吧？"

"是的。"老板说，"我记得他。"

老公公变为北欧血统的小女孩，她头戴维京人的帽子。"但灵魂呢？"小女孩又变作新几内亚土人模样的壮男，他说，"我们得不到。"

老板细细想着，然后，他记起了："那是我的拍档，那年代，她负责储存典当物。"

土人说："她犯了一个严重的错误。"土人变为一般白种男人的模样，"我们要你清楚处理这件事，要不然，请你换一位拍档。"

老板明白事情的严重性。他答应："我会好好处理。"

最后，白种男人变为年迈的意大利老婆婆，她抱着一个大藤篮，篮中有着五颜六色的鲜花。她递给他一朵玫瑰，然后说："一百里拉。"

老板拿出金钱，放到她手心，她说："祝你好运。"接着，她佝偻地转身，抱着大藤篮沿路走下去。

望着老婆婆的身躯，老板的心盘算着，如何把阿精叫回当铺。

他自己先赶回去，直奔到地牢，搜索三岛的位置，在木架旁寻寻觅觅，他看见这位故人的典当物，当中，有一个小木盒。他打开来一看，果然，内里完全没有放过灵魂的痕迹。木盒旁边的玻璃瓶，是阿精用来盛载灵魂的，正确步骤是，把玻璃瓶带回地牢后，便要把灵魂放进木盒内，这样子，灵魂才能被收下。

阿精冒失做少了一个步骤，灵魂于是就由玻璃瓶中溜走了。白白做了一单交易。

老板走到阿精的行宫。老板一直吩咐仆人把这些年来没有女主人的家打理得亮丽整齐，以备随时让她回来居住；然而，除了那一年在孙卓的演奏会中碰过她之外，阿精都无影无踪。

有些事情，他想告诉她，他想要她知道，但她都不回来，他怎样才可以告诉她？今天以后，她回来的话，第一句听进耳内的，会是他对她的责难。

她若然再冒失再不小心再迷迷糊糊，他对她有任何计划，也实行不到。

离开了这些年，这房间内，她的气息已逐渐微弱，老板坐在她的红色沙发上，尝试去感受阿精的暖意，然而，她遗留下的一切，都日渐淡薄了。

有人会为身边人的别离感到伤心、悔恨、迷惘、落魄……而不能拥有男女间微妙感受的他，得到的唯一感觉是，惋惜。

他也渴望会有最正确的感受，只是，这一天，还未到达。

"回来吧。"他默念，"回来后，给你一样很好的东西。"

他对空气说，对她的家具说。而如果，他是亲口对她面对面说，事情的结果，就不一样吧！

他伸出他的左手，月光之下，仿佛看到微红的磁场。骨与肉之间，锁住了最贵重的东西。

"回来。"他再说一遍，不知要听着的人可会听得见。

卒之，阿精还是回来当铺，那却已是一年半后的事。

她又再走遍世界各国，在骑着骆驼横渡沙漠之时，黄沙万里，那种无穷无尽，那种虚幻，令她很想念当铺。

她对X说："我的家也像这个沙漠，一般人都摸不透，只有最熟悉的我俩，才知道开始与终结。"

X问："你是想回去了。"

她说："我始终是属于那里的。"

X告诉她："你与我一起的这些日子，你知道，我们这里更有能力给你爱护。"

"我明白，"她说，"但我挂念那里。"

X默不作声。

阿精说："你知道吗？舒适敌不过牵挂。"

X说："男女之间的事最深奥。"

"是的。"她笑。

X说："你知道，我们随时欢迎你，我们预了位置给你。"

她说："那么，我 call 你！"

说罢，她骑着的骆驼便走向相反的方向，往大漠的另一边步远。决定了要回去，她的脸上也就有了坚定的笑容。

X看着她离去，倒是神色从容，他笑了笑，骑他的骆驼走到沙漠的尽头去。今天，他打算追逐海市蜃楼。

阿精的骆驼穿过连绵不断的沙丘，看似全然一模一样的黄沙，她望了望，还是知道该怎么走。是的，任何人想走到第 8 号当铺，那路程都轻而易举，第 8 号当铺欢迎所有人，亦包括她。

在黄沙的一边，她看见了宏伟的当铺，她由骆驼上爬下来，朝当铺走过去。一边走，她的眼睛就一边湿润温热起来，她准备，再走回当铺之内，就永远也不要离去。

世界再大，家只有一个。是时候了。

推开大闸，迎面而来的是落叶片片，当干叶扑面之际，阿精忽然觉得，自己像个走进第 8 号当铺的客人。

那么，她典当了些什么？她典当了一个宁静、平和、长久地安息的机会。

大门开启，她步进去。站在大堂之中她打量四周，景物依旧，于是她便放心内进。

第一站，当然是书房。

她推开书房的大门，从两扇门之间她先看见老板，继而，是站在右边的孙卓。她站着的位置，与她之前一百六十年所站的一模一样。

今年是第多少年？一百七十年？一百七十五年？一百八十年？时光消逝得毫无意义。

老板抬起头来看见阿精，便说："阿精！"但见他的目光与声调都木然无奇，一点也不欣喜。

阿精有不祥预兆，她瞄了瞄孙卓，她的表情更是冷冷的。

"老板，我回来了，我……"她原本想说，她以后都不会走的了，然而，此情此景此气氛，她又说不出口。

老板是这样说："我要问你一件事。"

语调冷淡，阿精听得渐渐有寒意。她问："什么事？"

老板说："你还记得一名客人，名字是三岛？"

她的眼珠溜了溜。"我记得。"她说。

"他的灵魂不见了。"老板说,"而那时候,是你负责的。"

她忽然想起来,一切都很清晰。"啊……"她掩住嘴,"玻璃瓶……"她说,"我是放进了玻璃瓶的……"

"但你忘记了木盒。"老板接下去。

阿精自己也急起来,"被发现了?"

老板告诉她:"他们专程派员来指正我。"

阿精知道完全是自己错:"对不起,让我来受罚。"

老板叹气,"他们没叫我惩罚你,只是提议不如换一个人。"

阿精敏感起来,她朝孙卓一望,孙卓的脸上隐隐透着笑意。

但觉这笑意,是世间最可怕的神情。

忍不住,她便激动起来,"你真要换掉我?"

老板不满意,刚告诉她做错了事,她悔意不足,却反过来责问他。

"不称职的,我要来做什么?你问问你自己,有没有老板可以忍受失踪了十多年的员工?"

阿精就答不上话来。她望向孙卓,只见她的笑意更浓。

孙卓说:"幸好我也摸熟了,可以暂代你一阵子。"

老板说:"你应当感激孙卓。"

阿精望了望他,又望了望她,忽然,她觉得这两个人,根本是那张照片中走出来的复制品。许多许多年前,那张自某本书中跌出来的合照,那张合照,二人的神情透着幸福感,教阿精知道,老板,根本不是她想象中的那个人。对了,老板心怀爱情，只不过是另有对象。

阿精垂下眼来，再也不动气，开始缓缓地说："我感激孙小姐，感激老板。我自知胜任不了。"

不知怎地，老板一听，更是怒由心生，他拍台："你根本心无悔意！你知不知事情的严重性？你失职，失掉了一个灵魂！你不准备补救，就这样苟且说两句便算？我听不见你的说话内有真心真意！"

阿精的眼眶已噙住了泪，她没抬头，只是一句："我以后也不回来了，我没能力做下去。"

说罢，她转身离开，她步向书房的大门，她步出走廊，到达大堂，然后，大门自动开启，就像以往百多年送客的情景一样。

一扇厚重的大门，自动自觉把不该留的人送走。

她走在风刮起落叶的空间中，朝大闸走去。没回头，没有任何舍不得，她知道，这一次，她是永永远远不会回去。

做错事、不胜任、不被信赖，而且，有人做得更好。

后面，也没有挽留她的声音哩！阿精一直垂下头，从大闸的隙缝中走出去，此情此景，她与所有失望离开当铺的人无异。

他们被拒绝了交易，他们已当无可当，他们为人生感到绝望。

阿精一直向前走，走过小路走过树林，走过其他客人离开的那些路。今天，要走的变成了她。

走了之后该往何处？生命除了吃喝玩乐之外还有什么？

无家可归永生漂泊的女人，一边掩脸一边无言无语地落
泪。

书房内，老板依然脸上有愠意。

孙卓说："我可以帮助你，如果你不介意。"

老板听得见，他没答应亦没拒绝。他站起身来，准备离
开书房。背着孙卓，他对她说："谢谢你，请你先回去。"

孙卓明白他很烦恼，她对着空气微微一笑，没有异议。

老板走回自己的行宫。他走进工作间，内里有许多年没
被触碰过的小提琴胚胎，当中有一个，只差未上色，但他决
定，不要了。他拿起他亲手制造的小提琴，用尽力敲到台角
上，一次敲不碎，便来第二次，第三次，第四次。总有一次，
琴会碎裂，会被毁灭得一地都是。

为什么阿精是这种态度？她不可以谦厚一点尽责一点
吗？她这模样，他如何留得住她？

老板的愤怒，来自他恐怕留不住一个人。

他想把阿精留在身边，他想阿精好好履行一个拍档的职
责，他不想阿精说走便走。

要散心，十多年还不够吗？说两句便远走高飞。老板一
点也不明白她。

再敲一次，终于，琴便被敲得尽碎。

"老板！老板！"门外有叫唤声。

他没回应，看着碎落的木块，他颓然坐到椅子上。

门被打开来，进来的是孙卓。

他朝门的方向看去，孙卓一步一步由暗淡步向透出阳光的前方。她的脸孔，逐渐地明亮清晰，他看着这张脸，深深地体会着这种微妙的联系，这张脸，代表了宇宙间最自然的永恒。

孙卓不知晓，阿精不知晓，一直以来，只有老板一个人明白这张脸的谜。

那张脸说："不用怕，你还有我。"

他感动了，伸出手来握过她垂下来的手，摇了摇。她微笑了，她高兴了，然而，他却又把她的手放开来。

她有半分的愕然。

而他说："谢谢你，你让我静一静就可以。"

他既然这样说，她便只好退下去。她微笑，点头，然后转身，她步向大门，才又依依不舍地回望他。终于，她还是走到外面，替他关上门。

她不明白他，不明白。

他欢迎她、爱护她、安心让她走近，可是，却又不彻彻底底地让她再走前一步。每一次，当她认为他们下一步便有事发生之时，却又是每一次，她都发觉，不会再有下一步。

如果，阿精用了百多二百年也得不到他，她又会用多少年才可以得到他？她未必有百多二百年的命。如果他不给她，她便没有。

究竟，这个男人在想些什么？

在走廊中，她回头，朝那扇关上了的门紧紧盯住。

阿精一直往前走，她走到的是一个偌大的市区公园之中，玫瑰花处处，既美丽又芬芳。公园内有一双双年老的伴侣，在这年轻人上班的时分到这公园来，没有干上任何特别的事情，就只是坐坐，吹吹风，看看花朵。

阿精也坐在公园长凳上，她凝视老人家风霜的脸，她便觉得很羡慕很羡慕。在一个自然的领域中，他们年轻过，相爱过，然后一同老去，手牵手等待一个真正永生的来临。对将来无所知，只是等待，也是一种幸福。

她掩住脸，将来，来来去去都在这地球上奔走，要点是，她又一点也不快乐。这究竟是一种怎样的生活？

当初，她为求以后得到温饱而跟着老板，当温饱了，日子却又更不快乐起来。

由始至终，她都活在欲望的煎熬中，原始之时是食欲，最终之时是爱欲。

双手往脸孔上摩擦着，不知不觉间，动作愈来愈大力，擦呀擦，她但觉就快发神经了。

在动作稍缓之际，她从指缝间看见，一名西洋男子捧着书，在花间小径中阅读，一边走，一边自得其乐。

　　像个大学生模样的人，阿精放下双手，那是X。

　　X走近了，他扬了扬书本："Hi!"

　　她说："你又来了。"

　　X说："你的脸好红。"他坐到她的身边。

　　她说："我在做 facial①。"

　　X说："小心吓坏那些公公婆婆。"

　　她把他的书拿过来，她问："什么书……《易经》！"

　　X问："你懂不懂？"

　　阿精摇头："别烦我。"

　　X说："你的存在真是无意义。"

　　她点头："我赞同。"

　　X顺势说下去："不如上天堂好了。"

　　阿精立刻拒绝："现在？我还未有心理准备。"

　　X说："你也想上去的。"

　　阿精一脸疑惑。"其实我未肯定。"她说，"上面好吗？"

　　X说："永恒的福乐。"

　　"嗯。"她默想。

　　X说下去："就像这里，有阳光，有花香，有鸟在飞，有微风，而且宁静宜人。"

_____

① 面部美容。

阿精说："你让我想一想。"

于是，Ｘ就不作声了，他们排排坐望着玫瑰花，感受阳光的眷顾。

隔了一会，阿精微哼一声。

Ｘ说："想完了？"

"对。"她说，"我们去吃芝士火锅！"

Ｘ怔了怔，却还是在"啊"了一声后，跟着她走。

阿精边走边解释："我今日不去天堂，因为我太伤心，太伤心的人，不宜去天堂。"

Ｘ说："是你自己说的，我倒没有听过。"

阿精再说："太伤心的人，最宜大吃大喝。"她告诉Ｘ，"老板是不要我了，我做了大错事，他不会要我了。他会要她吧！"说着说着，就哽咽起来。

Ｘ说："那不是更好吗？他要了别的人，你就自由了。"

忽然，她鼻子一酸，便流泪披面。"不……"她呜咽，"不……"

Ｘ站定，伸出手臂来拥抱她，她本想再说些什么，却又说不出来。她想说的是，她宁可不要自由。

Ｘ安慰她："他不要你，我们要你，我们永远都不离开你……"

阿精听着，便突然"哗——"地号哭。"哗——""哗——"哭得好伤心。

　　自觉被抛弃了、完结了、输掉了，因此迷惘了，茫茫然不知所措了。

　　继而，她深感过去所有日子，都是白活了。

Ending

了 结

自此之后，阿精与老板的距离愈来愈远，差不多是天各一方了。

她再也没想过回当铺，但觉，那个地方已与自己无关。

日子纯粹是虚度与消磨，与Ｘ到处为家，便是留在尘世的唯一勾当。

她下了结论："只有傻人才会希望长生不老。"

Ｘ不置可否，因为他知道，有些人的长生不老，日子过得甚有意思。

譬如孙卓。如果孙卓最后得到永生，她的长生不老就是享受，因为她有目标。

孙卓盼望一个永恒的生命，她有一个目标，就是成为当铺女主人。所以她希望长生不老，她不是傻人。

孙卓在世间的荣耀依然至高无上，她获封为爵士，她的靡靡之音感动了世人，世人对她不离不弃。如果，可以册封她为圣人，相信，她亦已早早被加冕了。头戴皇冠之后，又可以戴上光环，要多厉害有多厉害。

转眼间，孙卓亦已四十岁，她足足雄霸世界二十六年。

恰如其分地，她有四十岁女人的味道，而美貌，因为金钱也因为保养，看上去也只像三十出头。

依然簇新、光鲜、不同凡响。

而在当铺来来回回这些年，她早已摸熟了每一个角落，除了阿精的行宫以及地牢，其余她都能进进出出。

当一切都完美安好之际，有一次，在表演的中途，她在台上不支晕倒。

她被送进医院，医生说，她得的是脑癌。

"什么？"孙卓反问。

医生告诉她："孙小姐，对不起。"

她抱着自己的头，消息突然，她无法信服，然而，倒是冷静得很，"可以治疗吗？"

医生表情抱歉，"做手术已太危险。孙小姐，你只余下一个月的寿命。"

"什么？"她再问一次。

医生说："我们……全世界的人都会舍不得你。"

孙卓掩住嘴，她要再三肯定一切："一个月的寿命！我就快会死？"

医生的眼睛红起来："孙小姐……"他似乎比她更悲痛，看来，他一定是她的知音。

她躺回病床上，摆了摆手，吩咐医生护士出去。她把脸转向望出窗外，窗外的天好蓝，然后，忽然她就微笑了。

孙卓不怕死。她想到的是，老板很快就会赐她长生不死，她会顺利跨过人类的死亡，然后伴着老板得到永生。

她伸伸懒腰，原来是时候与尘世的荣耀告别了。

孙卓只剩下一个月的寿命的消息，很快便公布开去。人类，同一时候涌起了恐慌，他们陷入了一个极度哀伤的局面。他们害怕失去她。

他们悲哭，他们祷告，他们为孙卓寻求世间名医，每一天的世界性新闻报道，一定有孙卓的病情进展。

她没待在医院中，她住在西班牙向海的堡垒内，静待她的肉身腐烂。

每一天，堡垒之外都集结了群众，他们播放孙卓的唱片，他们手牵手运用念力来渴望奇迹出现，堡垒的山头，已集结了数十万名由世界各地蜂拥而来的人。他们住在帐幕中，手拿洋烛，每一滴流下的眼泪，都是祝福。

孙卓的外形已有变异，她双颊凹陷，眼内的神采已逐渐减退，身体亦已瘦了很多。没经过治疗，所以不用剃头，外观亦无受药物副作用影响，然而，患重病的人，不可能再美艳如昔。

意志再强、权力再大，也敌不过神秘而无奈的身体结构。

她吩咐众仆把所有窗帘垂下，她不想任何人看见她的容貌。而她在窗帘之后，静待老板的来临。

可是，一天又过一天，老板却没到来。而孙卓，因为癌细胞扩散，她的视线已快不管用，而头，久不久便狂烈地轰痛。是在肉身的痛苦中，她的信心动摇起来。

无理由，老板要她受这种苦。

她问医生："我剩下多少日子？"

医生说："对不起，孙小姐……只有一个星期。"

她不得不彷徨，原来，真的时日无多。

她用祈祷的心情去盼望老板来临，在这任何人也会感到绝望的日子，她依然没痛哭，一样的淡定冷静，为的是，她抱有一个希望。

孙卓知道，这种肉身的痛苦过后，就是新生。

堡垒外数十万名忠心耿耿的人，流下一串又一串的泪，为如神如仙的偶像哀悼她的生命。她听见他们的哭泣声，她知道这是为她而哭，但偶然，她也会觉得，一切事不关己。

"没什么好伤心的。"她对自己说，然后，脸上挂了个微笑。

隔了两天，孙卓便陷入昏迷状态，医生在她的房间中抢救她，沉睡了两天之后，她才再醒来。

这次醒来，精神好像蛮好。

就在同一天的晚上，刚服过药的孙卓感受到身边一阵熟悉的气味，虽然她已看不到，但她还是知道，朝思夜盼的人来了。

"老板……"她伸出手来。

老板接过去，"我来看你。"

"老板，"孙卓的语调很兴奋，"我等了你很久。"

老板说："我来送你最后一程。"

孙卓握紧他的手，然后把他的手放到她的脸旁去。她问："你会把我带到哪里去？"

老板回答："我会使你安息。"

孙卓一听，便问："安息？"

"你放心，你会从此无忧无虑。"

孙卓非常愕然，她面向老板的方向，说："老板，我不要安息。"

"然而你的寿命就只有四十年。"老板告诉她。

孙卓说："老板，你不是要接我到当铺吗？"

这下子，轮到愕然的是他，"当铺？"

孙卓说："老板，你不是为我安排了一个位置吗？"

老板说："你的意思是……"

孙卓激动起来："老板，我要做你的伙伴！"

老板却说："我已经有阿精。"

孙卓开始歇斯底里："这些年来，你不是已让我代替了她吗？"

老板说："但你过身后，我便要让她回来。只有她一人会长相伴我。"

孙卓开始由失明的眼睛内流出眼泪，"我以为，你已让我代替了她。"

"不，你是你，她是她。"老板不明白了，他问她，"这些年来，你领略不了我所给你的一切吗？"

孙卓已泣不成声，"都不是想象中的……"

老板更是疑惑了："难道，你得不到幸福？"

孙卓吸了一口气，告诉他："你给我荣耀，给我光辉给我成就，这些都令我很幸福。只是，你知不知道？我很想与你一起。"

老板错愕至极，"孙卓，你已典当了爱情。"

孙卓想了想，然后忽然冷笑："哈哈哈……我知道了，我典当了爱情，因此，我得不到我的所爱……"

老板心中冷了一截，他到了此时此刻，方才明白整件事。

"孙卓，这是不可能的。"

孙卓说："这些日子，你特别眷顾我，你让我走近，你让我介入你的生活。我从来不知道，你对我半点意思也没有。"稍停一会，她吐出一句，"你连留下我也不想。"

老板说："我自觉有责任看顾你，我有责任给你最多的幸福。"

孙卓拍打床褥，她叫出来："为什么是我？为什么不是别人？"

老板告诉她："孙卓，你是我的亲人。"

"亲人？"

老板说："你是我的后代。你是我的曾孙女儿，而你，拥有与我妻子一模一样的相貌。"

孙卓张大了口，作不了声。那么……

老板说："所以，我爱护你，是我对你的责任。我曾经亏欠了我的妻子，既然你是我的血脉，我当然尽我所能，给你要求的幸福。"

四十年来，孙卓从未激动疯狂至此，在万事皆猜错、万事皆出乎意料之时，她所能表达的是，一种竭尽所能的嘶叫："我在你身边那么多年……你让我依靠你那么多年……为什么，你不一早说清楚……为什么！"

"对不起。"老板望着孙卓，他的表情抱歉，"你只是得不到爱情，其他的，我都为你做得到。"

孙卓不能否认，事实就是如此。

然后，她便明白了，这么多年如谜一样的疑团，为什么他永远不再走多一步，为什么他三番四次要确定她是否得到幸福。

老板说："倘若你只是一名普通客人，倘若你不是我的血脉，我不会如此尽心尽力培育你、满足你。是你，令我知道，人类的永恒。人类的生生不息，不是长生不老，而是一代接一代地生存下去。当我第一次看到你的脸，我便感受到何谓血脉相连，你这张脸，使我内心软化，令我知道，我非为你得到幸福不可。"

曾孙女……

孙卓忽然笑起来:"哈哈哈……哈哈哈……"她为这些年来的苦恋而嘲笑自己。"太好笑了!"

老板告诉她:"但我不会浪费你的爱情,我会利用它。"

"什么?"孙卓问,"你利用我的爱情?怎利用?"

老板便告诉她:"我会给我与阿精一个幸福的机会。"

孙卓一听,当下怒火中烧:"不!你给阿猪阿狗!也不可以给她!"

老板说:"我想尝试去爱她。"

孙卓说:"那用不着侵占我的爱情!"

"对不起。"老板告诉她,"我与你一样,典当了爱情。除了你的爱情,无人能补偿我这个缺失。"

"不!"孙卓像发了疯一样,"我得不到的,无人可以得到!"

"对不起。"老板依然是这句,"对不起。"

说过后,他便转身离开。

孙卓凌空伸手一扑,抓住了老板的手臂,她问了一个问题:"你从何时开始计划侵占我的爱情?"

老板转过脸来,这样对她说:"从我决定要与你交易的那一刻。"他伸出左手,放到她的脸庞去,"你给我的爱情,我一直收到手心,你的爱情纯净无瑕,我从没玷污过。"

孙卓激动地呜咽，她用双手按着老板这只左手，她哭叫："还给我……还我爱情……"

"我已给了你幸福，我没亏欠你。"说过后，他把手缩回，离开了她的脸庞。

他逐渐步远了，孙卓叫停他："如果那时候，我爱上了任何一名凡人，你是否会还给我爱情？"

老板回答："会。只要是你的幸福，我也会给你。"

孙卓缓缓点下头去。可惜的是，她从没有爱上谁，她只有爱上过他。

他的脚步慢慢隐没，她看不见，然后，也听不见。

老板，从此离开了她的生命。

颓然躺在豪华的床上，整个人生中，唯独这一刻是全然没有希望。事与愿违、错愕、失措，突然……怨恨。活力澎湃地生存了这一辈子，此刻，她确确实实知道，落空了，完结了。

是谁令她对生命有所误会？还以为必可以生生不息，还以为她获得的是爱情，原来，一切只是可笑的自以为是。

还有什么是真实的？

窗外有连绵的祷告、断续的悲哭、人们对她的膜拜，是她十四岁时候要求的，到了今天，生命将尽了，原来，最真实也是唯一得到的，就是这些似近还远的爱。

她得到的，就是当初她要求的，结局是没有多，也没有少。

原来，第 8 号当铺均真得很。

孙卓疲乏地撑起身，走下床，一步一步走近窗前，然后，她到达了。这窗在三楼之上，而人群，全都聚集在堡垒的草地上，继而散布在附近的山头。

有人发现了孙卓站在窗后，于是起哄起来，高呼她的名字的声音此起彼落。

"孙卓！""孙卓！""孙卓万岁！"

孙卓发挥她的巨星风范，在窗后朝声音的来源挥挥手，继而充满魅力地一笑。

"孙卓！""孙卓！""孙卓！我们爱你！"

他们的声音，他们的爱意，她都感受到，一直以来，她还以为她已习惯了，原来，她还会为这些声音而感动。

尤其是，此时此刻。

好累了，她离开窗边，走回床上。

窗外，有人播放她的唱片，不断有人叫喊她的名字。而渐渐，她就合上眼睛，但觉，非常非常疲累……

好累好累，不如长睡去。

而自此，孙卓便没有再醒来。她长眠于万民爱戴中。

她得到了她的愿望，也付出了她应付出的。不多也不少。

埋藏了这些年的爱情，终于可以由他的左手沁透出来。

空气中，散发着微红的磁场，老板知道，此刻之后的他，与之前漫长的日子，不再相同。

当这微微熏红的色调沁入他的五官发肤之后，他便微笑了、陶醉了、牵挂了、渴望了。这些感觉，久违了！

明显不过，爱情重新回来了。

心目中，立刻便有了一个人。

这些漫长的年月中，他渴望去爱却又不能爱，终于，在今天，他完成了一直的心愿。

只有爱情，才可以充塞连绵无休止的岁月，只有爱情，长生不死才有意思。

如果，他还有一个大志去实践，他可以不要爱情；但年月还有什么大志可言？倒不如以爱情溢满光阴。

吕韵音拥有的爱情，令她抵受了半生的孤独，因而，日子孤零，亦是幸福。对于老板来说，这就是最重要的启示。

多少年，他渴望回报阿精的美意，但失去爱情的男人，做不了任何甜蜜的反应，也心动不起来。但从今天开始，他会得到他的爱情，他会回应她给他的爱。

对不起，孙卓，侵占了你的爱情。

但从今天起，因为侵占，老板便有能力，追寻他的幸福。

他吩咐下人："把阿精找回来，告诉她，爱情等待她。"

孙卓出殡之日万人夹道泣别，全世界电视都转播此项世人关心的大事。

阿精亦在电视前看着哭泣的人，以及运送孙卓遗体的马车。

她皱住眉，不相信此事的真实性，"不可能的，老板不会让她死。"

Ｘ说："你认为是假？"

"我认为太出乎意料。"

于是，她决定走回当铺。"我回去了解一下。"她说。

Ｘ这次不作声了，他意会得到，她这一次回去，所有的事情便有所不同。

"你怎么不作声？"她问。

Ｘ说："我怕我以后再也见不到你。"

阿精拍拍他的肩头："怎么会？我只是回去看看。"

Ｘ不语。他知道，这一次，她不只是回去看看。

"我一定会回来啊！"阿精向他保证。

Ｘ苦笑一下。而阿精，转身便往外走。Ｘ望着她，他知道，她的心，由始至终，都不在此。

在回去当铺的路途中，阿精但觉一切神秘叵测。孙卓怎会去世的？她不是已变成老板的左右手了吗？老板怎可能放弃她？

是不是，当铺变了，而老板……根本已不存在？想到这里，她的心寒起来。

当铺的路仍然容易走，以后，孙卓不在了，当铺内便会少了一个景点。不知她生前，是否有人会为了她才走到当铺来？然后，手手脚脚就被当走。

大闸的门被打开，之后的一段路一样的寒风凛凛，她走到木门前，木门又被打开来了。

她先走进书房，书房内没有人。她再走进老板的行宫，行宫内老板不在。继而，她走到自己的行宫。

一开门，便看见老板。他背对着她，坐在她的沙发内。

"老板。"她小声说。

老板一听见，便站起身来，他满脸笑容，他伸出双手，他说："你回来了！我等了你很久很久！"

阿精从未见过这样温馨甜蜜的老板。"你等我？"她反问，老板的热情有点吓怕了她。

老板没理会她的反应，上前拥抱她。他在她身边轻轻说："我等了这一天许久许久。"

她推开了他，望进他的眼睛："老板……"

老板说："我利用了孙卓的爱情。"

阿精瞪大了眼。"孙卓的爱情……"然后，她高呼，"你用了客人的典当物！"

老板问她："你不知道孙卓已过身？"

阿精说："我还以为，你不会让她死去。"

"为什么？"

阿精这样说："如果，你要选择一个人，你不是会选择她吗？"

老板认真地告诉她："如果为的是爱情，我只会选择你。"

是在这一句之后，阿精有数十秒说不出话来。她只懂得眼光光望着眼前人。干吗？他竟说出这种话来。干吗？他有这种从未有过的眼神。干吗？他忽然变了。

她喃喃自语："你私下用了客人的典当物，而且，还是爱情……我？爱情？"

老板再说："如果选择拉小提琴的，那么当然是孙卓。"

阿精吸了一口气，而眼泪逐渐由眼眶内沁出来。

老板说："我们长生不老，我们相爱不渝。"说罢，他再次抱紧她。

阿精在他的怀内深深呼吸，她恐怕，这眼前的是一个幻象，而气味，就是用来辨别真伪。

半响，她说话："我……我不知道你喜欢我。"

老板望进她的眼睛，他告诉她："我只是不能够表达，以往，我缺失爱情，我典当了它。"

阿精张大口来，如梦初醒："你典当了爱情……"

"所以，对不起，"老板的抱歉是充满笑容的，"以往的日子我都不能回应你的目光。"

阿精知道了，也就更控制不了，"啊……"之后，便是掩脸流泪。

怪不得，一切都是怪不得。以往，只得到这人的背影，原来，只因为他根本没有爱情。

她哽咽着说："我猜不到……我等了许多年……我以为，孙卓一来之后，我便绝望了。"

老板如是说："我只是尽责任看顾她，而且，我收起了她的爱情，有一天，我知道，我会用在自己身上。"

阿精哭着笑起来，虽然仍然满心的疑团。她问："但你对她太好了。"

老板轻笑，回答她："我当然对她好，她是我的血脉。"

"血脉？"

"她是我与妻子的后代。"老板解释。

"呀……"又是一声意料之外，"怪不得，孙卓有那一张照片中的脸……"

老板问："照片中的脸？你看过我与妻子的照片？"

阿精撇撇嘴："无意之中看到。"然后，她想起了多年来的委屈、猜错、自找伤心，于是又再哭了。

老板上前围抱她，他安慰她："以后，你不会再妒忌，不会再傻，没有女人会代替到你。"老板又说，"你知不知道？这些年来，我多次怀疑我会得不到孙卓的爱情，如果她在有生之年后悔了，我为了她的幸福，一定会交回给她。"

阿精在他怀内说："我猜她一定会后悔，因为她爱的是你。"

老板把阿精的脸埋在他的胸怀内，他仰脸呻吟一声，就当是回答了。

有些事情，无办法不做错，无办法不伤害别人。

老板双手捧起阿精的脸，问她："你说，我们以后该如何计划日子？"

阿精抹了抹眼眶的泪，便说："我们应该多放假，多旅行，多购物，多吃东西……"

"好，节目丰富，照做。"老板说。

阿精把脸再次埋进老板的怀内，长长地叹气，谁会料到，她以为的单恋，竟然是双向的感情？还以为是无止境地得不到，他却已为她，做了那么多。

她抱着他，她不要不要不要再放开他。

这一个夜，是老板与阿精唯一共同寝睡的夜。阿精做梦都没有想过，会有这样的一夜。他的唇深印在她之上，他的眼内是她晶莹的肌肤，他的指尖如钻石的边缘，尖削、敏感、高冷地划过她的身体，每一厘米的触碰，都深刻深邃，幻妙难忘。

她合上眼，用身体感应这长久等待后的丰收，她双手紧抱着的，融化在汗与温热之间的，就是幸福。

忘掉了饥饿的痛楚，忘掉了不被爱的痛楚，忘掉了流离浪荡的痛楚，忘掉了寂寞的痛楚。从这一刻开始，怀抱之内，就只有幸福。

从今天开始，第 8 号当铺，会不会成为一间幸福的当铺？阿精望着天花板，水晶灯闪闪亮，而她就笑起来了。

一下子，幸福全抱拥在怀内，惊喜得令人迷惘。

她问身边人："告诉我你的感受。"

他把手放在她的脸庞上，轻轻摩擦着，他说："不要怪责我，这倒是教我想起我的妻子，而恍如隔世之后，有这么一次，令我知道，我终于重生。"

她明白他的感受。自离开人间踏进当铺之后，生活方式虽截然不同，但心灵的联系，从未脱离过旧的所有。痛楚、不满足、创伤、怨恨……全部无一缺失地从旧的身份带过来。

是在这一夜，才重获一个新生命，什么，也不再相同了。

翌日，晨光透进这房间，当阿精醒来时，眼睛张开来一看，便看见老板坐在床边看着她，老板的脸上有温柔的笑容。他对她说："来，吃早餐。"

从托盘上，他为她捧来早餐，让她坐在床上享用。

她逐个逐个把银盘打开来，先看见煎蛋与烟肉，于是她用叉把一小片烟肉放进口中，然后看见水果沙拉，她便又把一片蜜瓜吃下去，再来是大虾多士一客，她又吃了少许。

接着是一个小银盘，盖在酱油碟之上。"是什么？"她问。

然后，她打开来了，酱油碟上不是任何调味料，而是钻石指环，她拿到眼前，方形钻石镶嵌在白金指环之上，她只拿着数秒，手便抖震了。

"老板……"

老板抱住她："以后叫老公好不好？"

无可选择地，阿精只有再哭，"好坏的你！"

老板笑："那么你是不答应？"

"不！"她反应极大，"你不准反悔才真！"

老板替她戴上指环，看了看，便又说，"还是不可以。"

"什么不可以？"她好紧张。

"你的眼泪比这颗钻石要大，明天我改送你一颗更大的，我不要你的眼泪比钻石更霸道。"老板告诉她。

"哗！"她张大口，又哭又叫。

"我们今天就结婚。"老板说。

本来阿精可以立刻答应，但她想起了 X。于是她提议，"我们明天才结婚！"

"为什么？"

"今天我要回去那个我离开了的地方，当中有一名朋友，他一直照顾我，我要回去说再见。"

老板点头，"这一次，速去速回。"

于是，阿精以精力充沛的心情，沐浴更衣，戴着老板的求婚指环，以轻快的步伐跑出当铺。

一直跑呀跑，二百年的际遇中，她从未如此轻松快乐过。

就在阿精离去之后，老板望着窗外的一大片草地，自顾自在微笑。他想象一个只得他们二人的婚礼，骑一匹马在草原上踱步好不好？阿精的婚纱会随风在空中飞扬，马的速度会给阿精白色的一身带来迷梦一样的影，单单想象，已知道美丽。

"我劝你，还是不要想下去——"

忽然，背后传来这样一句话，以及，这样一把声音。

老板不用回头，也听得出这声音属于谁——永永远远，不能不能忘掉。

这是他的儿子，韩磊的声音。

"你没有尽你的责任。"这声音再说。

老板转身，望到声音的来源，房门之前，站着四岁的小韩磊，触目惊心。

老板望着他，说："你又再来了。"

韩磊那孩童的声音在说："你犯了这样重的规条，我怎可能不回来？"

老板的眼睛悲伤起来，他知道了严重性。

阿精在一条高速公路上跑呀跑，未几，她便看见Ｘ站在公路的中央。

她跑过去，气喘吁吁的，却不忘兴奋地伸出手来："你看！"

Ｘ便看到，她那闪耀的钻石指环。

阿精一口气地告诉他："原来他要的一直是我！原来他一直虎视眈眈着孙卓的爱情！我一直猜错了他！现在，他向我求婚！明天就是我们的大日子！"

说过后，她飞身拥抱Ｘ。

X却没有反应。

阿精摇晃他的手臂，"喂！你不替我高兴！"

X的眼神充满怜悯，他说："他怎可私下用上客人的典当物？"

"你知道些什么？"阿精向后退了一步。

X说："他正要面对惩罚。"

阿精心头的快乐一扫而空，她掩住嘴："他会怎么了？"

X说："他的下场凄凉。"

"不！"阿精掉头便跑，"我要回去救他！"

X伸手拉住她的衣袖："你救不了他。"她转过脸来，然后X就这样说，"但我们可以救你。"

说罢，高速公路四周的景致全然变化，公路的尽头弯曲伸展向天，两旁的黄色泥地也朝天弯曲上来，于是，天与地便连接了，站在当中的阿精与X，就像置身水晶球内一样。

当天与地之间再没剩下隙缝之时，天地便变色，变成羽毛四散一样的纯白色，天地间，只有这一种颜色，以及，这一种柔软。

蓦地，纯白色的水晶球内，天使降临，他们手抱竖琴、笛子、叮铃，飞旋在阿精的头上演奏翻滚，安抚着她身上所有的血与肉。

不由自主，阿精流下眼泪，合上眼，陶醉在一种飘离的福乐之中，身体左右摇晃，融合在完全的和谐内。

声音轻轻飘进来："这就是幸福。"

她仍然享受着这温柔的包围。

声音继续说："这世界内，你不再困扰不再忧愁，不再苦闷不再受渴望所煎熬。而你所有的罪，我们为你赎走。"

她的脸上有了微笑，她的脸仰得高高。

"我们永远爱你，我们给你永恒的幸福，我们是你的天堂。"

天堂。阿精听到这个字，随即在心中"啊"了一声。天堂，啊，天堂，终于来临了，这儿就是恒久的快乐，无愁无忧，永远享受福乐的天堂……

但，且慢——她张开眼来，天堂内，老板不在。

意识，就这样在一秒内集中起来。

她看见Ｘ，便对他说："但老板不在。"

Ｘ说实话："老板有老板的命运。你救不了他。但我们愿意救赎你，你与我们一起，你所得的福乐，是无穷尽的。"

阿精刹那间迷惘起来，救赎、福乐无尽……

Ｘ再说："老板只会灰飞烟灭。"

忽而，阿精的脑筋也就再清晰一点，她向下望去，垂下的手上，有那代表着他的指环。

于是，她抬起头来，回话："那么，我陪他一起烟灭。"

她转身便要跑。

Ｘ却从后围抱她："阿精，这是你最后的机会，我这一次救不到你，以后我也不能够！你听我说，只有我们可以还你一个雪白的灵魂！"

　　阿精在他的围抱中挣扎，刹那间，她便有些微软化。

　　Ｘ说："你救不了他，只是一起送死！如果你留下来，起码你们当中，有一个会得救！"

　　阿精再次落下泪来，她的心好软，她已软弱无力。

　　Ｘ说："我们给你天堂。"

　　韩磊对老板说："所有客人的典当物都是属于我所有，你盗取了我的所有物，我再不能善待你。"

　　老板恳求："就请你体恤我为你的效力。我这样做，只是为了得到幸福。"

　　韩磊有那怔住了的神情，继而冷笑："我从没答应给你幸福！你有什么资格与我讨论幸福！"

　　老板还是不放弃，他对韩磊说："只要我能与她结合，将来的当铺，成绩一定斐然！"

　　韩磊沉默了一秒，继而说："你以为你是谁？"

　　老板屏住呼吸。

　　韩磊说："你是任何人都可以取代的。"

　　老板哀伤了，他已预知自己的结局。

　　韩磊是这一句："你要什么爱情？你一早已典当给我。"

　　老板痛心地垂下头，他怎会不明白这游戏规则。当他的客人无权力赎回典当物之时，他又怎会例外。

　　阿精的眼泪一串一串地落下。

　　Ｘ说：“你回去也只是陪葬。”

　　阿精不懂得反应，也不懂得整理自己的思绪。

　　Ｘ再说：“我们给你天堂。”

　　阿精望着他，从他的脸孔中，她找寻一个决定。天堂，天堂，这个人说，给她一个天堂。

　　Ｘ有悲恸怜悯和善的眼睛……

　　忽尔，灵光一闪，她知道了她该怎样做。眼前，站着的，只是Ｘ。

　　她说：“这儿不是我的天堂。”

　　她说下去：“老板才是我的天堂。”

　　说过后，这一回，她真的转身便走，而Ｘ，也没有再留她。她一跑，便跑得掉。

　　教Ｘ怎么留？她都否认了他所为她准备的一切，她都不想要。

　　如果，最终目的，每人皆是寻找一个天堂，阿精寻找到的，就是老板的怀抱。

　　漫长岁月中的迷失、彷徨、无焦点，此刻，因为确定了一个归宿，这一切的不安，一下子烟消云散。

　　Ｘ熏陶了她数十年，为她阐释幸福，为她塑造天堂的美好，敌不过，她心中爱念一动。

别人的天堂不是她的天堂。

她要的，只是她的天堂。

纵然，这天堂没有永恒、没有福乐、没有光环。

老板抬起头来，他作了最后一个要求，他说："请给我一天。"

韩磊问："你向我恳求一天？"

"我别无他求。"

韩磊说："我好不好答应你？"

老板表情沉着，他说："这些年来，我没向你请求过什么。"

韩磊伸了伸懒腰，望了望窗外，又望了望老板，然后，他开始说话："你在我面前，是无权力的，姑勿论你为我做了再多，你也只是受摆布的灵魂，我既不答应你安详喜乐，也不会为你遵守承诺，我只记过不记功，不会奖赏你只会惩罚你。现在，你向我乞求多一天，为什么我要答应你？"

老板泄气了，他疲惫地笑了笑，这样说："是的，你无需答应我些什么，你是我的儿子，你对我没承诺，从来，只是我对你有承诺。"

韩磊忽然兴奋起来，他像一般小孩那样手舞足蹈，嘻哈大笑大叫。

叫了跳了半晌，他才说："父亲大人！我就成全你！"他喜欢极了刚才老板的说话，他喜欢人类那种父与子的游戏，他假扮成他的儿子，用儿子的身份令他痛苦，难得他又认同这个身份，这使顽皮而邪恶的他有一刹那的满足。他高兴啊。

说罢，他哗哗叫地爬上窗框，纵身一跃，飞跌窗外。

然后消失得无影无踪。

他成全了他想成全的人，于是那人便能活多一天。

老板要求多一天，因为，明天是他答应阿精结婚的日子。

没多久后，阿精回来了，她气喘吁吁地跑回当铺，看见老板，便飞扑进他的怀内。"你还在！"她一边叫一边哭。

他拥抱她，抚摸她的头发，他说："是的，我还在，但我只能多活一天。"

她便说："那无问题啊，那么，我也多活一天。"她说完便笑，而他，看见她的笑，他也笑。

停在他与她之间的空间就是这么简单，相爱的人，他笑时，她也笑，互相拥有，互相传递幸福，安心安详。这就是恋人的空间。

"我们去巴黎买婚纱礼服！"阿精提议，老板也同意，于是，两人手牵手离开了当铺。

到达巴黎，阿精往名店挑选了婚纱，老板亦挑选了一套礼服，然后，他们又再手牵手，走到餐厅吃鱼子酱、鹅肝、海鲜、香槟。入黑之前，他们走回当铺。一直笑着，所有表情与行径，都轻松安然。

在当铺内，他们换上结婚服，阿精一身白色纱裙，发上插了数朵紫色与白色的小野花，老板则穿起了黑色礼服，两人依偎在窗前，各自替对方戴上指环，然后静默不语地朝黑夜抬眼看去。今夜的星星，明亮地闪耀。

没有什么话要说，没有什么心事一定要讲，静静的，幸福就由拥抱的肌肤中传送给对方。

天地再大，生命再无尽，需要的不外是这一刻，也不外是对方。

醒醒睡睡，由天黑至天亮，每一次张开眼来，见着对方的脸，他们会微笑，他们会把对方抱得再紧一点，每见一眼都是奖赏，没有人知道，还会不会有下一秒。

从来，时光只嫌太多，时光是废尘。此刻，每一秒都是贵宝。交替的臂弯不会再放松来，臂弯之内的每一秒，抓住了便不再放开。

然后，在天完全光亮了的一刻，本来还是半醒半睡的，阿精因为热力，在呻吟中睁开眼睛，她看见，自己的婚纱着了火，而老板，亦从刚刚张开了的双眼内看见，那耀武扬威的火焰正吞噬阿精的婚纱，于是，他张开双臂，做了一个"来吧"的动作，那样，她便跌进他的怀中。不久之后，她的火焰便燃烧到他的身上，只花了半晌，他们二人渐成了火球。他拥抱了她的火焰，她的火焰焚烧了他。

他把她的脸紧贴着他的，两双眼睛望到蓝天之上。他问：

"好不好？"她说："好好。"

火球烧坏了肉身，但两双眼睛依然溢满幸福。因为有爱，何惧毁灭？这是再邪恶的大能也不知道的事。祂不会知道，这两个人，其实已超越了祂。

大厅中、厨房中、马房中、书房中……当铺内的不同角落，依样有下人在打扫、整理，维持这间当铺。他们都嗅到那火烧的气味，在草地上工作的下人，甚至看到烟由窗一团团冒出来。但无人理会无人惊讶无人伤心。

不消半天，就会烧得无骨无肉，只剩下灰烬，那一间房间，将会重新打理。

当一切都只余下灰烬时，只需用扫把一扫，灰烬便能清理干净。

他们会赶快重新布置妥当烧焦了的一部分，然后，等待新的当铺主人来上任。

或许下午就来了，或许要下个月，或许，下一个世纪也说不定。

这里只有典当物才会久留，其他一切，都是过眼云烟。

（全文完）

图书在版编目（CIP）数据

第 8 号当铺 / 深雪著. —— 深圳：深圳出版社，
2023.11（2025.1 重印）

大湾区专项出版计划

ISBN 978-7-5507-3893-5

Ⅰ. ①第… Ⅱ. ①深… Ⅲ. ①长篇小说 – 中国 – 当代
Ⅳ. ① I247.5

中国国家版本馆 CIP 数据核字 (2023) 第 154933 号

版权登记号 图字：19-2023-249 号

第 8 号当铺
DIBAHAO DANGPU

出 品 人	聂雄前
责 任 编 辑	何旭升 梁 萍
责 任 技 编	梁立新
装 帧 设 计	Lizi

出 版 发 行	深圳出版社
地 址	深圳市彩田南路海天综合大厦（518033）
网 址	www.htph.com.cn
订 购 电 话	0755-83460239（邮购、团购）
排 版 制 作	深圳煦元文化创意有限公司
印 刷	深圳市华信图文印务有限公司
开 本	787mm×1092mm 1/32
印 张	8.25
字 数	135 千
版 次	2023 年 11 月第 1 版
印 次	2025 年 1 月第 2 次
定 价	58.00 元